O QUARTO DE GIOVANNI

JAMES BALDWIN

O quarto
de Giovanni

Tradução
Paulo Henriques Britto

10ª reimpressão

Copyright © 1956 by The Dial Press
Copyright © 1956 by James Baldwin. Copyright renovado.
Todos os direitos reservados, incluindo o direito de reprodução integral
ou parcial em qualquer formato.
Edição publicada mediante acordo com James Baldwin Estate.

*Grafia atualizada segundo o Acordo Ortográfico da Língua Portuguesa de 1990,
que entrou em vigor no Brasil em 2009.*

Título original
Giovanni's Room

Capa
Daniel Trench

Foto de quarta capa
Steve Schapiro/ Getty Images

Preparação
Lígia Azevedo

Revisão
Valquíria Della Pozza
Carmen T. S. Costa

Dados Internacionais de Catalogação na Publicação (CIP)
(Câmara Brasileira do Livro, SP, Brasil)

Baldwin, James, 1924-1987.
    O quarto de Giovanni / James Baldwin ; tradução Paulo
Henriques Britto — 1ª ed. — São Paulo : Companhia das Letras,
2018.

    Título original: Giovanni's Room.
    ISBN 978-85-359-3132-7

    1. Ficção norte-americana I. Título.

18-16535   CDD-813

Índice para catálogo sistemático:
1. Ficção : Literatura norte-americana   813

Maria Alice Ferreira – Bibliotecária – CRB-8/7964

Todos os direitos desta edição reservados à
EDITORA SCHWARCZ S.A.
Rua Bandeira Paulista, 702, cj. 32
04532-002 — São Paulo — SP
Telefone: (11) 3707-3500
www.companhiadasletras.com.br
www.blogdacompanhia.com.br
facebook.com/companhiadasletras
instagram.com/companhiadasletras
twitter.com/cialetras

Para Lucien

Eu sou o homem, eu sofri, eu estava lá.
Whitman

Sumário

Introdução — Colm Tóibín, 11

PRIMEIRA PARTE, 25
SEGUNDA PARTE, 105

James Baldwin e os desafios da (des)classificação —
 Hélio Menezes, 211
Um perfil de James Baldwin — Márcio Macedo, 223

Introdução

Colm Tóibín

"Pois Paris, reza a lenda", James Baldwin escreveu em 1954, no ensaio "A Question of Identity", "é a cidade onde todo mundo perde a cabeça e a moralidade, vive ao menos uma *histoire d'amour*, livra-se por completo do hábito de chegar a qualquer lugar na hora certa e debocha dos puritanos — é a cidade, em suma, onde todos se embriagam com aquele belo e antigo ar de liberdade."

A exploração e desconstrução dessa lenda fez maravilhas para vários romancistas norte-americanos do século XX, entre eles o próprio Baldwin.

Nas primeiras páginas do romance de Henry James *Os embaixadores* (1903), por exemplo, Lambert Strether, cuja missão é trazer Chad Newsome — o filho pródigo que mata de preocupação sua mãe ao prolongar sua estada em Paris — de volta para o seio da família, começa ele próprio a saborear as liberdades oferecidas por Paris. No seu segundo dia lá, a cidade é como um imenso objeto iridescente, uma joia dura e brilhante em que nem as facetas deviam ser discriminadas nem as diferenças tranquilamente salientadas. Ela ao mesmo tempo faiscava, tremeluzia e dissolvia-se, e o que em dado momento nada parecia mostrar senão superfícies poderia, no instante seguinte, nada revelar exceto profundezas. [...] Seria [...] de alguma maneira possível gostar de Paris na proporção adequada sem gostar dela em demasia?*

Strether aproxima-se do apartamento de terceiro andar onde sabe que mora Chad e, parado na rua, olhando para cima, vê um rapaz, que não é Chad, aparecer na sacada para fumar um cigarro. Quando seus olhares se cruzam, Strether percebe que o fumante é "muito jovem; jovem aparentemente o bastante para divertir-se com um observador mais velho, para até mesmo querer saber o que esse observador velhote faria ao ver-se observado".** Na passagem que se segue, a própria ideia de observar e ser observado, e a ideia de um homem jovem estar, desse modo, em comunhão com um mais velho, geram bastante tensão no romance. No decorrer da narrativa, Paris há de encantar Strether e tentá-lo tanto quanto enganá-lo e decepcioná-lo.

Os capítulos iniciais de *O sol também se levanta* (1926), romance de Ernest Hemingway, se passam numa Paris em que diversos expatriados aproveitam as liberdades fáceis dos bares, restaurantes e boates da cidade. Nesse mundo entram em cena personagens semelhantes aos mencionados numa passagem perturbadora de *Os embaixadores*: os "insuportáveis valentões" — a expressão é de Chad — "que afluíam aos bares e bancos americanos na vizinhança da Ópera". O romance de Hemingway con-

---

* Henry James, *Os embaixadores*. Trad. de Marcelo Pen. São Paulo: Cosac Naify, 2010, p. 110.
** *Os embaixadores*, p. 117.

tém referências a uma Paris em que homens homossexuais se movimentam com desembaraço e podem ser identificados. No terceiro capítulo, Jake, um americano, parado à porta de um salão de dança, vê "um grupo de jovens, uns de suéteres e outros em mangas de camisa", chegando em dois táxis. "À luz da porta, eu podia distinguir as mãos, as cabeleiras onduladas e recentemente lavadas. O policial, de pé, à porta, olhou para mim e sorriu." O sorriso dá a entender que o policial acha graça naqueles jovens que, Jake percebe agora, estão "trejeitando, gesticulando, falando". Ele reage com raiva: "Sei que se imagina que são muito divertidos e que é preciso ser tolerante, mas eu tinha ímpeto de agarrar um deles, fosse lá qual fosse, pelo menos para abalar aquele ar de superioridade e afetação".*

O ensaio de James Baldwin intitulado "The Discovery of What It Means to Be an American", publicado em 1959, trata, tal como "A Question of Identity", do destino do americano, do ponto de vista de um exilado em Paris. Baldwin começa o ensaio com uma citação direta de Henry James, "Ser americano é um destino complexo", e prossegue:

> e a principal descoberta que um escritor americano faz na Europa é do quanto é complexo esse destino. A história da América, suas aspirações, seus estranhos triunfos, suas derrotas mais estranhas ainda e sua posição no mundo [...] são todos tão profunda e teimosamente singulares que a própria palavra "América" passa a ser um nome próprio novo, quase completamente indefinido e controverso ao extremo. Ninguém no mundo, ao que parece, entende a acepção exata do termo — nem mesmo nós, os milhões de pessoas de todo tipo que nos autodenominamos americanos.

* Ernest Hemingway, *O sol também se levanta*. Trad. de Berenice Xavier. São Paulo: Abril Cultural, 1981, p. 25.

Em novembro de 1948, aos 24 anos de idade, James Baldwin mudou-se para Paris, onde em pouco tempo conheceu um jovem suíço, Lucien Happersberger, e se apaixonou por ele. No inverno de 1951-2, quando estavam na Suíça, ele terminou o seu primeiro romance, *Go Tell It on the Mountain*, que foi publicado no início de 1953. Nos dois anos que se seguiram, vivendo a maior parte do tempo na França, trabalhou em seu segundo romance, *O quarto de Giovanni*.

Parte da atmosfera de *O quarto de Giovanni* proveio da observação atenta e da experiência pessoal, como o autor deixou claro numa entrevista realizada em 1980. Ele conta de que modo utilizou algumas das pessoas que conheceu: "Todos nos reunimos no bar, e tinha um sujeito francês, louro, sentado a uma mesa, que nos pagou uma rodada de bebidas. Dois ou três dias depois vi o rosto dele nas manchetes de um jornal parisiense. Tinha sido preso, depois foi guilhotinado. [...] Vi esse homem nas manchetes, o que me fez pensar que eu já o estava utilizando sem o saber".

Nessa entrevista, Baldwin afirmou também que seu livro era "menos sobre a homossexualidade do que sobre o que acontece quando você tem tanto medo que acaba não conseguindo amar ninguém". Como *Go Tell It on the Mountain*, passado no Harlem, tratava da experiência afro-americana, os editores de Baldwin ficaram surpresos ao ver que ele tinha escrito um romance em que todos os personagens eram brancos. "Eu certamente não conseguiria — naquele momento da minha vida — lidar com outro grande peso, o 'problema do negro'. A questão sexual e moral era difícil de trabalhar. Eu não teria como tratar das duas no mesmo livro. Não havia espaço para isso", disse ele.

Sua editora norte-americana, a Knopf, porém, queria outro romance sobre a vida no Harlem. Disseram a Baldwin que ele era um "escritor negro" e que tinha um público específico. "Então eles me falaram: 'Você não pode se dar ao luxo de desagradar a esse público. Esse novo livro vai destruir a sua carreira, porque você não está escrevendo sobre as mesmas coisas e da mesma maneira que antes, e não vamos publicá-lo para lhe fazer um favor'." O romance foi editado em 1956 pela Dial Press nos Estados Unidos e pela Michael Joseph no Reino Unido.

O quarto de Giovanni começa com um tom grave, quase cerimonioso. As palavras contidas nas frases de abertura não têm o tom abafado de culpa ou confissão que virá mais tarde, e sim um toque de certeza, de convicção final. A voz não está sussurrando, e sim falando como se dirigida a uma plateia grande. É um tom quase teatral, que combina a voz imperiosa de um ator solitário no palco com rubricas precisas. Depois da primeira frase — "Estou parado à janela deste casarão no sul da França ao cair da noite, a noite que vai me levar à manhã mais terrível da minha vida" — é fácil imaginar o ator prestes a virar-se de frente para o público. A seguinte — "Tenho um copo de bebida na mão, há uma garrafa ao lado de meu cotovelo" — parece de fato uma rubrica. A terceira frase, porém, vem numa escala menor, e é uma instrução dirigida ao próprio ator: "Vejo meu reflexo no brilho cada vez mais fraco da vidraça". Quando o parágrafo chega ao fim e o ator fala sobre seus ancestrais, que "conquistaram um continente", ele está de frente para a plateia, que verá que ele é branco e domina por completo as cadências graves do texto.

Muito embora Baldwin jamais tenha reconhecido sua dívida para com Hemingway, fica claro desde a segunda página do livro — em que o narrador, David, fala da primeira vez que viu sua namorada, Hella, usando palavras simples e repetições hipnóticas para evocar uma época de prazeres fáceis e despreocupados — que a sombra de Hemingway se projeta sobre o texto. Mas há outras sombras também, que competem com ela, quando a voz não lembra mais o prazer e se transforma num som pesaroso, cansado, melancólico, sábio. David está disposto a julgar a si próprio e a usar essas páginas não apenas para explicar ou dramatizar, mas também para expiar seus pecados, na medida do possível, e arrepender-se, na medida do possível.

Go Tell It on the Mountain era a história de um menino pregador; em *O quarto de Giovanni* também há um sentido religioso, uma aura de urgência moral. O narrador está ao mesmo tempo representando para nós e pregando para si próprio; ele usa sua voz eloquente para informar a si mesmo o que fez. O tom é voltado para dentro, mas tem-se também a impressão de que David quase chega a saborear o som que produz, sua própria retórica deliciosa de confissão. É um ator que ao mesmo tempo sussurra e atua no palco.

À medida que a narrativa avança e David relata um caso amoroso que teve ainda menino, a prosa vai se tornando mais densa, com mais adjetivos e advérbios, com frases mais longas. A simplicidade do início, quando se esboçava o cenário, é agora substituída pela música mais complexa da memória, da evocação do contexto em que tudo começou a se desenrolar. Lentamente, essa música vai se intensificando até revelar ecos da linguagem de um pregador cristão, ou do Antigo Testamento: "O poder e a promessa e o mistério daquele corpo subitamente me inspiraram medo". Ou então: "Até a cama em que eu estava, com aquela deliciosa desarrumação, era um testemunho de vileza".

O estilo confessional criado por Baldwin, cheio de floreios súbitos e constatações dolorosas, tem algo em comum com outros textos em que o narrador sofreu ou causou sofrimento e os motivos são confusos, exigindo explicações cuidadosas e reviravoltas emocionais num momento que deveria ser de tranquilidade. O tom autoacusativo de David é próximo, por exemplo, do que foi adotado por Oscar Wilde em *De Profundis*, em que o autor tenta, na prisão, compreender o que aconteceu com ele e seu amante, quais foram as ilusões, os autoenganos e os fracassos da imaginação que tiveram um efeito tão devastador sobre a vida deles. Tal como Wilde se compara a Cristo em seu sofrimento, David dirá, em *O quarto de Giovanni*: "Judas e o Salvador haviam se encontrado dentro de mim".

O livro de Baldwin também tem semelhanças com *O bom soldado*, de Ford Madox Ford, na medida em que lenta e tortuosamente examina acontecimentos no passado a fim de chegar a alguma compreensão da traição sexual. Não se está dando a entender que Baldwin tenha sido influenciado por esses outros textos nem sequer que os tenha lido, e sim que a própria forma de confissão — numa época em que tantos assuntos ligados à sexualidade e à motivação sexual eram mantidos na escuridão, escondidos — pode ter uma intensidade especial, cauterizante. Ela está particularmente aberta a um tom enfático, o tom de autoconsciência e autoconhecimento imposto à página como se após um conflito, o tom de coisas ditas pela primeiríssima vez.

Neste romance, Baldwin deixou claro que era capaz de fazer maravilhas com a luz e a sombra da intimidade, que sabia assumir sem esforço um tom de sussurro em sua prosa, nos momentos em que David é levado pelo medo a apreender uma verdade dura, e em seguida, com a mesma facilidade, evocar a excitação de um bar apinhado de gente, onde é intensa a expectativa sexual. Baldwin sabia recriar em suas frases a passagem da inocência para o perigo, da realidade cotidiana para o detalhe agourento. É assim, por exemplo, no bar em que David conhece Giovanni: "Estavam lá os cavalheiros de sempre, barrigudos, de óculos, de olhar ávido, por vezes desesperado, e também os rapazes de sempre, esguios como facas, com calças justas. Nunca se sabia direito, a respeito desses rapazes, se estavam atrás de dinheiro, sangue ou amor". Essa última frase tem algo do som belo e arrastado de um blues, ou o improviso intenso, delicado e lento do jazz. Nela há tanto ironia quanto tristeza, mas a frase aponta também para as misturas que vão determinar a destruição de ao menos dois personagens do romance.

O tom continua a oscilar entre a eloquência pura, sequências elevadas e descrições simples. Quando David e Giovanni se conhecem, a influência de Hemingway é visível mais uma vez:

> Eu o observava enquanto ele se movia. Então observei os rostos que o observavam. E tive medo. Eu sabia que as pessoas estavam olhando, que fazia algum tempo que estavam olhando para nós dois. Elas sabiam que haviam testemunhado um começo, e agora não iam parar de olhar enquanto não assistissem ao fim. Havia levado um tempo para isso acontecer, mas as posições agora estavam trocadas; agora era eu que estava na jaula do zoológico, e elas que estavam observando.

Porém, em seguida ele escreve passagens que são puro Baldwin, que têm uma sonoridade opulenta e destemida, temperada pelo conhecimento de realidades terríveis e pela dor, que deixam claro que estava prestes a se tornar o maior estilista entre os prosadores de sua geração. É o que encontramos, por exemplo, no final do segundo capítulo, quando a lembrança de Giovanni é evocada:

> Até o dia da minha morte haverá momentos assim, momentos que parecerão brotar do chão tal como as bruxas de Macbeth, em que o rosto dele surgirá diante de mim, aquele rosto com todas as mudanças por ele sofridas, momentos em que o timbre exato de sua voz e seus maneirismos de fala explodirão em meus ouvidos até quase perfurá-los, em que seu cheiro vai avassalar minhas narinas. Vez por outra, nos dias por vir — que Deus me conceda a

graça de vivê-los —, no brilho áspero da manhã cinzenta, com um gosto ruim na boca, as pálpebras irritadas e vermelhas, o cabelo emaranhado e úmido após uma noite intranquila, encarando, com uma xícara de café e um cigarro, o rapaz impenetrável e insignificante da noite anterior, que em breve vai se levantar e desaparecer como fumaça, hei de ver Giovanni de novo, tal como ele estava naquela noite, tão vivo, tão encantador, com toda a luz daquele túnel escuro captada em torno de sua cabeça.

Às mudanças de tom do romance correspondem mudanças de perspectiva. Assim, por exemplo, somos levados a ver os homens mais velhos que aparecem no livro como criaturas venais, de certo modo mais do que desprezíveis, à caça de amor ou sexo como animais velhos e cansados. E então, no terceiro capítulo, David tem uma conversa com seu amigo Jacques, um homossexual mais velho, na qual David diz a ele que "muita coisa na sua vida é desprezível, sim". Jacques retruca:

Eu poderia dizer a mesma coisa sobre a sua [...]. São tantas as maneiras de ser desprezível que chega a dar um nó na cabeça da gente. Mas a coisa mais desprezível que há é desdenhar do sofrimento dos outros. Você devia se dar conta de que o homem à sua frente já foi jovem, mais jovem até do que você é agora, e foi reduzido ao estado miserável em que está aos poucos, por etapas imperceptíveis.

De repente, o centro moral se desloca e passa a ser ocupado pelo homem mais velho. Baldwin então faz eco ao momento central de *Os embaixadores*, em que Strether, o homem mais velho, conversa em Paris com outro mais jovem, americano como ele. Numa das passagens mais famosas de toda a obra de James, Strether diz: "Viva tudo o que puder; é um erro não fazê-lo".* E Jacques, falando sobre o relacionamento de David com Giovanni, diz a David: "Você devia amá-lo, amá-lo e se deixar amar por ele. Acha que existe outra coisa neste mundo que seja realmente importante?".

Pouco a pouco, uma história simples de amor se enche de ambiguidades, dificuldades e paradoxos. Se num momento David sente um amor profundo por Giovanni, logo em seguida vê outro rapaz, um desconhecido, e sente a mesma coisa por ele. E depois, à medida que o amor vai se entremeando com a infidelidade, ele cada vez mais se afasta do amor. David sentia "dor, vergonha, pânico, uma tremenda amargura". Algumas frases depois, lemos que "brotou em mim um ódio por Giovanni tão poderoso quanto meu amor, um ódio que se nutria através das mesmas raízes que o amor".

Mais adiante, David sentirá atração e repulsa por Giovanni, quase que no mesmo momento. "O contato com ele jamais deixava de me fazer sentir desejo; no entanto, seu hálito quente e doce também me dava vontade de vomitar." Em outra cena, David afirma: "Tinha vontade de chutar Giovanni, e tinha vontade de abraçá-lo". David, com um "meio sorriso" nos lábios, está também "ao mesmo tempo, de algum modo estranho e obscuro, um pouco amedrontado". Relembrando o tempo que passaram juntos, ele vê "algo de muito belo naqueles dias, que na época foram uma verdadeira tortura".

Não há nenhum sentimento estável neste romance, que tenta, por meio de uma série de imagens que se opõem, encontrar um lugar onde por fim alguma coisa que seja verdade possa ser dita, mesmo que tarde demais. Talvez, curiosamente, essa tentativa de encontrar uma dialética curativa se torne mais necessária e urgente justamente por não fazer mais diferença. Mais

---

* *Os embaixadores*, p. 221.

tarde, quando a história já se aproxima do fim, David confessa sua imensa confusão: "não sei o que eu sentia por Giovanni. Não sentia nada por Giovanni. Sentia terror e pena e um desejo crescente". Como Strether em *Os embaixadores* e Jake em *O sol também se levanta*, o narrador de *O quarto de Giovanni* sofre por sua própria incapacidade de amar, o que só intensifica sua condição de excluído, aumentando sua capacidade de observar os outros com mais nitidez e de causar sofrimento a si próprio. Giovanni dirá a ele: "Você não ama ninguém! Nunca amou ninguém, e tenho certeza que nunca vai amar!".

As pessoas que David conhece também vivem num estado de contradição radical, inclusive uma moça com quem faz sexo. Quando se separam, ele observa que ela "ostentava o sorriso mais estranho que eu já vira. Era doloroso, vingativo e humilhado, mas desajeitadamente ela pintou por cima dessa careta uma alegria juvenil, animada — tão rígida quanto o esqueleto que havia por trás de seu corpo flácido".

Tal como em *Os embaixadores*, em *O quarto de Giovanni* há um genitor que quer que David volte "para casa", num momento em que a própria ideia de casa lhe parece cada vez mais carregada de ironias. Na segunda parte do livro, David vê na rua um marinheiro que o faz "pensar na minha casa — talvez a casa da gente não seja um lugar, e sim simplesmente uma condição irrevogável".

Mas, quando um passa pelo outro, o marinheiro também o faz pensar em outra "casa". Trata-se de sua sexualidade, ao mesmo tempo oculta e visível. "Ele passou por mim e, como se tivesse percebido algum sinal revelador de pânico em mim, dirigiu-me um olhar de desprezo, despudorado e astuto." A ideia de passar por heterossexual contém um eco de *Passing* (1929), o romance de Nella Larsen que dramatiza a ideia de mulheres afro-americanas que passam por brancas, com a mesma ênfase no olhar, no olhar fixo, nos momentos de reconhecimento que Larsen coloca em pontos cruciais de sua narrativa.

No livro de Larsen, Clare Kendry se faz passar por uma mulher branca o tempo todo, enquanto Irene Redfield só faz isso às vezes. Quando elas se reveem em Chicago depois de muitos anos, o encontro começa com um olhar fixo:

> Muito lentamente ela olhou à sua volta, fixando-se nos olhos negros da mulher com vestido verde sentada à mesa ao lado. Mas sem dúvida não se deu conta de que o interesse intenso que estava demonstrando poderia ser constrangedor, e continuou a olhar fixamente. Sua expressão era a de alguém que, com o máximo de determinação, queria fixar de modo firme e preciso cada detalhe da fisionomia de Irene em sua memória para sempre, não demonstrando o menor sinal de incômodo por ter sido detectado seu olhar atento.

Não é apenas um olhar de reconhecimento entre velhas amigas, e sim entre duas mulheres que se fazem passar por brancas num hotel chique. A cena terá seu eco mais adiante no olhar de reconhecimento que o marido de Clare dirigirá a Irene ao encontrá-la na rua. Ele vai vê-la como alguém cujo segredo descobriu. A ideia de segredo e revelação é central em O *quarto de Giovanni*, à medida que o narrador, que de início é ou parece ser heterossexual, se torna ou parece ser homossexual, para depois ser e parecer as duas coisas, estando sempre ao mesmo tempo preparado e despreparado para revelar sua própria condição, ou sua confusão, por um olhar fixo, um instante de puro reconhecimento.

Essa ideia de revelação e reconhecimento é de particular interesse porque todo romancista é uma espécie de fingidor. O escritor de ficção cria um duplo, alguém que o espelha sob certos aspectos e se distingue dele sob outros. Os personagens que imaginamos entram e saem da nossa órbita emocional, tornando-se versões de nossos eus secretos, aspectos disfarçados de nossa alteridade onírica. Assim, Robert Louis Stevenson criou o dr. Jekyll e o sr. Hyde, Oscar Wilde inventou Dorian Gray, Henry James elaborou as figuras divididas de "The Private Life" e "The Jolly Corner", Joseph Conrad criou os personagens duplicados de "The Secret Sharer"; de fato, cada romancista, ao criar um personagem, constrói uma pessoa que só ele pode reconhecer de modo total e vívido, um eu emergente que vive dentro do eu, fazendo-se passar por real, fazendo-se passar por fictício, oscilando no espaço onírico que há entre os dois. Um romancista do sexo masculino pode criar uma mulher; um romancista contemporâneo pode criar uma figura do passado; um romancista irlandês pode criar um alemão; um romancista pode elaborar um autorretrato; sendo heterossexual, pode criar um homossexual; sendo afro-americano, pode inventar um norte-americano branco.

Todos os romancistas sabem recriar-se aos poucos e então, como resultado desse processo, os personagens surgem na página e depois na imaginação do leitor como se nada de extraordinário tivesse ocorrido. É a isso que damos o nome de liberdade, e é isso que James Baldwin, em outro contexto, denomina "a história comum — a nossa história".

Em *O quarto de Giovanni*, David vai aos poucos percebendo reações ambíguas, emoções contraditórias, não só em si próprio como também nos outros. Quando Hella volta da Espanha, por exemplo, ele observa: "O sorriso dela era ao mesmo tempo alegre e melancólico". E ele sabe: "Entre nós, tudo estava como sempre havia sido, e ao mesmo tempo tudo era diferente". À medida que a narrativa vai se aproximando do fim, Giovanni começa a parecer dividido também em suas reações, ganhando uma presença mais densa, mais sutil. Na cena em que diz a David que ele não ama ninguém, por exemplo, David relata que

Giovanni "Agarrou-me pelo colarinho, lutando e acariciando ao mesmo tempo, fluido e férreo ao mesmo tempo". Então, no momento da separação, é Giovanni quem demonstra um complexo conjunto de reações: "Percebi que ele tremia — de raiva ou de dor, ou das duas coisas". Mais tarde, ao imaginar Giovanni com Guillaume, seu ex-patrão, que ele matará, David também lhe permite uma reação contraditória: "o sorriso que dirige a Guillaume quase o faz vomitar".

Nas últimas páginas do livro o estilo retoma a simplicidade anterior. Frases nuas, desprovidas de sentimento, ganham mais força, depois das cores intensas e complexas que Baldwin utilizou tanto nas passagens de descrição quanto nas de reflexão e análise. Já não há mais possibilidade de uma reação viva, ambígua e fervorosa ao amor, ou à oportunidade de amar. Agora a dicção requer afirmações diretas, frases curtas: "Começou a chorar. Abracei-a. Eu não sentia absolutamente nada".

Perto do final, Hella, enfrentando David, faz uma observação que evoca Henry James, autor de tantas obras sobre americanos que se malogram na Europa, uma observação que também teria sido subscrita pelo Hemingway de *O sol também se levanta*, um livro em que americanos semeiam o caos enquanto perambulam pela Europa. Diz Hella: "Os americanos nunca deviam vir à Europa, porque nunca mais vão ser felizes. Pra que é que serve um americano que não é feliz? A felicidade era a única coisa que tínhamos". Essa ideia de uma inocência americana ferida e uma felicidade americana mítica será o tema do romance seguinte de Baldwin, *Terra estranha*, bem como de muitos dos grandes ensaios que virá a escrever. Nessas obras, ele oferece um espelho cruel em que seu país possa ver sua própria alma maculada, uma visão tão penetrante, arriscada, verdadeira e perturbadora quanto a visão de amor perdido e desperdiçado que nos propõe *O quarto de Giovanni*.

PRIMEIRA PARTE

1

Estou parado à janela deste casarão no sul da França ao cair da noite, a noite que vai me levar à manhã mais terrível da minha vida. Tenho um copo de bebida na mão, há uma garrafa ao lado de meu cotovelo. Vejo meu reflexo no brilho cada vez mais fraco da vidraça. Minha imagem refletida é alta, lembrando talvez uma flecha, meu cabelo louro brilha. Meu rosto é como um rosto que já foi visto muitas vezes. Meus ancestrais conquistaram um continente, atravessando à força planícies cobertas de cadáveres, até chegar a um oceano que não dava na Europa, e sim num passado mais obscuro.

Quando amanhecer, talvez eu esteja bêbado, mas isso não vai ajudar em nada. Vou ter de pegar o trem de Paris assim mesmo. O trem será o mesmo, as pessoas, pelejando pelo conforto e até mesmo pela dignidade nos bancos de madeira de encosto reto da terceira classe, serão as mesmas, e eu serei o mesmo. Vamos atravessar as mesmas paisagens campestres a se suceder, em direção ao norte, deixando para trás as oliveiras e o mar e toda a glória do tempestuoso céu meridional, até chegar a uma

Paris sob neblina e chuva. Alguém vai se oferecer a dividir um sanduíche comigo, alguém vai me oferecer um gole de vinho, alguém vai me pedir fogo. Haverá pessoas andando pelos corredores lá fora, olhando pelas janelas, olhando para nós dentro da cabine. Em cada estação, recrutas mal-ajambrados, com seus uniformes pardos e quepes coloridos, vão abrir a porta da cabine para perguntar: *Complet?* Todos faremos que sim com a cabeça, como conspiradores, trocando um leve sorriso enquanto os soldados seguem adiante pelo corredor, gritando uns para os outros com suas vozes ásperas e grosseiras, fumando aqueles horrendos cigarros do Exército. Haverá uma moça sentada à minha frente que não vai entender por que não estou flertando com ela, que vai ficar tensa com a presença dos recrutas. Tudo será o mesmo de sempre, só que estarei mais silencioso.

E o campo está silencioso nesta noite, esta paisagem campestre que se reflete através da minha imagem na vidraça. Esta casa fica ao lado de uma estação de veraneio — que está vazia, a temporada ainda não começou. Fica numa pequena elevação, e olhando-se para baixo veem-se as luzes da cidade, ouve-se o rugido do mar. Eu e minha namorada, Hella, alugamos a casa em Paris, com base em fotografias, alguns meses atrás. Ela foi embora há uma semana. A esta altura está em alto-mar, voltando para os Estados Unidos.

É como se eu a visse, muito elegante, tensa, cintilante, cercada pelas luzes do salão do transatlântico, bebendo um pouco depressa demais, e rindo, e observando os homens. Foi assim que a conheci, num bar em Saint-Germain-des-Prés; ela estava bebendo e observando, e foi por isso que gostei dela, achei que seria divertido me divertir com ela. Foi assim que começou, era só isso para mim; e agora, apesar de tudo, não seria capaz de afirmar que em algum momento foi mais do que isso para mim. E acho que para Hella tampouco — pelo menos até ela fazer aquela viagem à Espanha, onde, vendo-se sozinha, começou a se perguntar, talvez, se o que ela queria mesmo era passar toda a vida bebendo e observando os homens. Mas àquela altura era tarde demais. Eu já estava com Giovanni. Pedi-a em casamento antes que fosse para a Espanha; e ela riu, e eu ri, mas de algum modo, assim mesmo, a coisa ficou mais séria para mim, e insisti; e então ela me disse que teria de viajar e pensar no assunto. E na última noite que passou aqui, a última vez que a vi, quando ela estava fazendo a mala, eu lhe disse que a havia amado uma vez, e convenci a mim mesmo de que era verdade. Mas tenho minhas dúvidas. Eu estava pensando, certamente, nas nossas noites na cama, naquela estranha combinação de inocência e confiança, que nunca mais há de voltar, que as tornava tão deliciosas, tão desligadas do passado, do presente e de qualquer coisa que estivesse por vir, tão desligadas, enfim, da minha vida, pois eu não precisava assumir por elas nenhuma responsabilidade que não a do tipo mais mecânico. E essas noites transcorriam sob um céu estrangeiro, sem ninguém nos vendo, sem a ameaça de nenhum castigo — foi este último fato que nos levou à derrocada, pois nada é mais insuportável, uma vez obtido, que a liberdade. Creio que foi por isso que a pedi em casamento: para dar a mim mesmo algo a que eu me atrelasse. Foi por isso, talvez, que, na Espanha, ela resolveu que queria se casar comigo. Porém não se pode, infelizmente, inventar um poste a que se atrelar, amantes e amigos, tal como não se pode inventar os próprios pais. A vida nos dá isso tudo e depois leva embora, e a grande dificuldade é dizer sim à vida.

Eu estava pensando, quando disse a Hella que a amava, naqueles dias em que ainda não havia acontecido nada de terrível, de irrevogável, comigo, quando um caso amoroso não era nada mais que um caso amoroso. Agora, a partir desta noite, da manhã que virá, por mais camas que eu venha a frequentar até meu leito final, nunca voltarei a ter um daqueles casos juvenis, prazerosos — os quais, pensando bem, não passam de um tipo mais elevado, ou ao menos mais pretensioso, de masturbação. As pessoas são multiformes demais para ser tratadas com tanta leviandade. Sou multiforme demais para merecer confiança. Não fosse isso, não estaria sozinho nesta casa agora. Hella não estaria em alto-mar. E Giovanni não estaria prestes a morrer, em algum momento entre esta noite e a manhã que vai nascer, na guilhotina.

Arrependo-me agora — como se adiantasse alguma coisa — de uma mentira em particular, das muitas que contei, que ouvi, que vivi e em que acreditei. Foi a mentira que contei a Giovanni, sem nunca ter conseguido fazê-lo acreditar nela: que eu nunca havia feito amor com um rapaz antes. Eu já havia feito, sim. Tinha decidido que nunca mais faria. Há algo de fantástico no espetáculo que agora enceno para mim mesmo, o de ter corrido tão longe, com tanto esforço, chegando mesmo a atravessar o oceano, para mais uma vez ser detido pelo buldogue que sempre esteve no meu quintal — e, nesse ínterim, o quintal encolheu e o buldogue cresceu.

Não penso naquele rapaz — Joey — há muito tempo; mas hoje consigo vê-lo nitidamente. Foi anos atrás. Eu ainda era um adolescente, ele era mais ou menos da minha idade, um ano a mais ou a menos. Era um garoto muito bom, muito esperto e moreno, que estava sempre rindo. Por algum tempo foi meu melhor amigo. Mais tarde, a ideia de que uma pessoa como ele *pudesse* ter sido meu melhor amigo tornou-se a prova de que eu era marcado por algum estigma horrendo. Assim, esqueci-me dele. Porém hoje eu o vejo muito bem.

Era verão, estávamos de férias. Os pais dele tinham viajado para algum lugar naquele fim de semana, e fui para a casa dele, que era perto de Coney Island, no Brooklyn. Nós também morávamos no Brooklyn nessa época, só que num bairro melhor que o de Joey. Creio que ficamos na praia, nadando um pouco e olhando as garotas seminuas que passavam, assobiando para elas e rindo. Tenho certeza de que, se alguma daquelas garotas para quem assobiamos tivesse esboçado alguma reação, o oceano não seria profundo o bastante para nele afundarmos nossa vergonha e nosso pavor. Mas as garotas, sem dúvida, de algum modo percebiam aquilo, talvez com base no nosso jeito de assobiar, e nos ignoravam. Quando o sol começou a se pôr, fomos caminhando pelo deque em direção à casa dele, com os calções molhados debaixo das calças.

E creio que tudo começou no chuveiro. Sei que senti alguma coisa — enquanto brincávamos naquele banheiro pequeno, cheio de vapor, de bater um no outro com toalhas molhadas — que nunca sentira antes, e que de algum modo misterioso, embora sem um objetivo claro, tinha a ver com Joey. Lembro que relutei muito em me vestir: pus a culpa no calor. Mas por fim nos vestimos, até certo ponto, e comemos comida fria tirada da geladeira e bebemos muita cerveja. Acho que fomos ao cinema. Não consigo imaginar outro motivo que nos levaria a sair, e lembro que caminhávamos pelas ruas escuras e tropicais do Brooklyn, o calor irradiando da calçada e das paredes das casas com força suficiente para matar um homem, todos os adultos do mundo, ao que parecia, sentados, descabelados e falando alto às portas dos prédios, todas as crianças do mundo nas calçadas ou nas sarjetas ou dependuradas nas escadas de incêndio, e eu com o braço no ombro de Joey. Caminhávamos e Joey fazia comentários engraçados e obscenos, e ríamos. É estranho lembrar agora, pela primeira vez em tanto tempo, como eu me sentia bem naquela noite, como gostava de Joey.

Quando voltamos para casa por aquelas ruas, o bairro estava

silencioso; nós também estávamos. Dentro do apartamento ficamos muito calados e, com sono, nos despimos no quarto de Joey e nos deitamos. Adormeci — por um bom tempo, creio. Mas acordei com a luz acesa e Joey examinando o travesseiro com uma minuciosidade feroz.

"Que foi?"

"Acho que um percevejo me picou."

"Seu porco. Tem percevejo aqui?"

"Acho que um me picou."

"Você já foi picado por um percevejo?"

"Não."

"Então vai dormir. Você está é sonhando."

Joey me olhou com a boca aberta e os olhos negros muito arregalados. Era como se tivesse acabado de descobrir que eu era perito em matéria de percevejos. Ri e agarrei-lhe a cabeça, como já tinha feito Deus sabe quantas vezes antes, quando estava brincando ou quando ele me irritava. Mas ao tocá-lo dessa vez aconteceu alguma coisa que fez com que esse toque fosse diferente de qualquer outro anterior, com ele ou comigo. Joey não resistiu, como costumava fazer; ficou deitado no lugar para o qual eu o puxara, apertado contra meu peito. E me dei conta de que meu coração estava batendo de um jeito terrível, e de que Joey estava tremendo contra meu peito, e de que a luz do quarto era muito forte e quente. Comecei a me mexer e fazer algum tipo de comentário jocoso, mas Joey murmurou algo e abaixei a cabeça para ouvi-lo. Ele levantou a cabeça no momento em que abaixei a minha, e nos beijamos, meio que por acidente. Então, pela primeira vez na vida, senti de verdade a presença do corpo de outra pessoa, o cheiro de outra pessoa. Estávamos abraçados. Era como ter na minha mão um pássaro raro, exausto, quase morto, que por um milagre eu tivesse encontrado. Meu medo era intenso; tenho certeza de que ele também estava apavorado, e nós dois fechamos os olhos. Se agora me lembro de tudo tão nitidamente, tão dolorosamente, é porque na verdade jamais esqueci, nem por um instante. Sinto em mim agora uma excitação leve, e terrível, como a que, naquela noite, senti de modo tão avassalador, uma sede e um calor intensos, e um tremor, e uma ternura tão dolorosa que achei que meu coração ia explodir. Mas dessa dor surpreendente e intolerável brotou o êxtase; levamos um ao outro ao êxtase naquela noite. Naquele momento, tive a impressão do que toda uma existência não seria suficiente para eu encenar com Joey o ato do amor.

Mas foi uma existência curta, que durou apenas aquela noite — terminou na manhã seguinte. Acordei quando Joey ainda dormia, enroscado como um bebê, de lado, virado para mim. Parecia mesmo um bebê, a boca entreaberta, a bochecha corada, os cabelos encaracolados escurecendo o travesseiro e ocultando metade da testa redonda e úmida, os cílios longos brilhando um pouco ao sol de verão. Estávamos nus, e o lençol com que nos tínhamos coberto estava embolado em torno de nossos pés. O corpo de Joey, moreno, suado, era a criação mais bela que eu tinha visto até então. Senti vontade de tocá-lo para despertá-lo, mas alguma coisa me deteve. De repente tive medo. Talvez porque ele parecesse tão inocente, a dormir, com uma confiança tão absoluta; talvez por ser muito menor do que eu; meu próprio corpo de súbito me pareceu grosseiro, esmagador, e o desejo que crescia dentro de mim, monstruoso. Porém, acima de tudo, tive medo. Um pensamento se impôs: *mas Joey é um garoto*. De repente vi o poder contido em suas coxas, seus braços, seus punhos tenuemente fechados. O poder e a promessa e o mistério daquele corpo subitamente me inspiraram medo. Aquele corpo me pareceu a entrada negra de uma caverna dentro da qual eu seria torturado até enlouquecer, onde perderia minha virilidade. O que eu queria exatamente era conhecer aquele mistério e sentir aquele poder e ver aquela promessa realizar-se através de mim. O suor nas minhas costas gelou. Senti vergonha. Até a cama em que eu estava, com aquela deliciosa desarrumação, era um testemunho de vileza. Eu me perguntava o que diria a mãe de Joey quando visse os lençóis. Então pensei em meu pai, que não tinha no mundo ninguém além de mim, pois minha mãe morrera quando eu era pequeno. Uma caverna se abriu em minha mente, negra, cheia de rumores, indiretas, histórias entreouvidas, semiesquecidas, semicompreendidas, cheia de palavras sujas. Julguei ver meu futuro naquela caverna. Tive medo. Por um triz não chorei de vergonha e pavor, por não entender como uma coisa daquelas podia ter acontecido comigo, ter acontecido *em mim*. E tomei minha decisão. Levantei-me, entrei no chuveiro, e já estava vestido e tinha aprontado o café da manhã quando Joey acordou.

Não contei a ele minha decisão; se o fizesse, minha determinação não resistiria. Não esperei para tomar o café da manhã com Joey, limitando-me a beber um pouco de café, e dei uma desculpa para ir para casa. Eu sabia que não enganaria Joey; mas ele não soube protestar nem insistir; não sabia que era tudo o que ele precisaria fazer. Então eu, que o vira naquele verão praticamente todos os dias até aquele momento, parei de procurá-lo. Joey também não me procurou mais. Se tivesse ido me visitar, eu teria sentido o maior prazer em vê-lo, mas a maneira como me despedira havia criado um constrangimento que nem eu nem ele sabíamos como enfrentar. Quando por fim o encontrei, mais ou menos por acaso, já perto do fim do verão, inventei uma história comprida e totalmente falsa a respeito de uma garota com quem estava saindo, e quando as aulas recomeçaram passei a andar com uns garotos mais brutos e mais velhos e a tratar Joey muito mal. Quanto mais triste ele ficava com meu comportamento, mais agressivo eu me tornava. Por fim Joey se mudou, foi para outro bairro, trocou de escola e nunca mais o vi.

Foi naquele verão, talvez, que comecei a me tornar uma pessoa solitária e dei início à fuga que me trouxe até esta janela cada vez mais escura.

E, no entanto, quando resolvemos procurar o momento crucial, definitivo, o momento que mudou todos os outros, nos vemos tentando passar, com muito sofrimento, por um labirinto de sinais errados e portas que se trancam abruptamente. Minha fuga talvez tenha mesmo começado naquele verão — o que não me ajuda a localizar a origem do dilema que, naquele verão, se resolveu com uma fuga. Claro que está em algum lugar à minha frente, encerrada na imagem refletida que vejo na vidraça enquanto a noite vai chegando lá fora. Está trancada nesta sala comigo, sempre esteve, e sempre há de estar, e no entanto é para mim algo mais estranho do que aqueles morros estrangeiros que vejo lá fora.

Na época, morávamos no Brooklyn, como já disse; antes havíamos morado em San Francisco, onde nasci e onde minha mãe está enterrada; e vivemos algum tempo em Seattle e depois em Nova York — para mim, Nova York é Manhattan. Mais adiante nos mudamos do Brooklyn de volta para Nova York, e quando vim para a França meu pai e sua segunda mulher haviam subido de patamar, indo para Connecticut. Àquela altura, é claro, eu já morava sozinho fazia um bom tempo, num apartamento no East Side.

"Nós", durante a minha infância, éramos eu, meu pai e a irmã solteira dele. Minha mãe fora levada para o cemitério quando eu tinha cinco anos. Praticamente não me lembro dela, e no entanto aparecia nos meus pesadelos, com vermes nas órbitas, cabelos secos como metal e quebradiços como gravetos, tentando apertar-me contra seu corpo, um corpo tão apodrecido e nauseabundo, tão mole, que se abria, enquanto eu me debatia e chorava, numa fenda enorme que me engolia vivo. Porém, quando meu pai ou minha tia entravam correndo no quarto para descobrir o que havia me assustado, eu não tinha coragem de contar meu sonho, porque me parecia um ato de deslealdade para com minha mãe. Eu dizia que tinha sonhado com um cemitério. Eles concluíam que a morte de minha mãe tivera esse efeito perturbador sobre minha imaginação, e talvez pensassem que era uma espécie de luto. O que pode até ser verdade; mas, se for mesmo, continuo enlutado.

Meu pai e minha tia se davam muito mal, e, sem jamais saber como ou por que eu tinha essa impressão, para mim a briga constante entre eles tinha tudo a ver com minha mãe morta. Lembro que, quando eu era bem pequeno, na sala grande da casa em San Francisco, a fotografia da minha mãe, que se destacava sozinha no console da lareira, parecia imperar sobre tudo. Era como se a foto dela provasse que seu espírito dominava aquele ambiente e nos controlava a todos. Lembro que as sombras se adensavam nos cantos remotos daquela sala, onde eu jamais me sentia em casa, e meu pai se banhava na luz dourada que vertia sobre ele a luminária alta ao lado de sua espreguiçadeira. Ele ficava lendo, escondido de mim atrás do jornal, de modo que, numa tentativa desesperada de conquistar sua atenção, eu por vezes o infernizava de tal modo que nosso duelo só terminava quando eu era levado embora da sala, aos prantos. Ou então me lembro de meu pai sentado, curvado para a frente, cotovelos apoiados nos joelhos, olhando fixamente para a janela grande que nos separava do negrume da noite. Eu me perguntava o que estaria se passando na cabeça dele. Na minha lembrança, meu pai está sempre com um colete de lã cinza, a gravata afrouxada, o cabelo ruivo caído sobre o rosto quadrado e rubicundo. Ele era uma dessas pessoas que riem com facilidade e demoram para se irritar; assim, quando a raiva chega, ela é particularmente impressionante, dando a impressão de que salta de alguma fenda desapercebida, como uma labareda que vai incendiar a casa inteira.

Sua irmã, Ellen, um pouco mais velha do que ele, um pouco mais morena, sempre com roupas e maquiagem excessivas para a ocasião, com um rosto e um corpo que já começavam a endurecer, e joias por toda parte, a chacoalhar e coruscar, está sentada no sofá, lendo; ela lia muito, todos os livros recém-publicados, e também ia muito ao cinema. Ou então faz tricô. Lembro que estava sempre carregando uma bolsa grande contendo um par de agulhas de tricô de aparência perigosa ou um livro, ou as duas coisas. E não sei o que ela tricotava, embora imagine que, ao menos de vez em quando, fizesse alguma coisa para meu pai ou para mim. Mas disso não me lembro, como também não me lembro dos livros que ela lia. Pode muito bem ter sido sempre o mesmo livro, e talvez ela estivesse sempre trabalhando no mesmo cachecol ou suéter ou sabe Deus o quê, durante todos os anos que vivi com ela. Às vezes, minha tia e meu pai jogavam cartas — isso era raro; às vezes conversavam num tom amigável, de troça, mas isso era perigoso. A troça quase sempre terminava em discussão. Às vezes havia visitas, e não raro eles me deixavam ficar na sala enquanto bebiam. Nesses momentos meu pai mostrava seu melhor lado, brincalhão e afável, andando pela sala cheia de gente com um copo na mão, servindo mais bebida aos convidados, rindo muito, tratando todos os homens como se fossem seus irmãos e flertando com as mulheres. Ou não, não flertando, pavoneando-se diante delas. Ellen sempre dava a impressão de vigiá-lo como se temesse que ele fizesse alguma coisa terrível; vigiava meu pai e vigiava as mulheres, e, sim, ela flertava com os homens de um modo estranho e enervante. Lá estava Ellen, toda produzida, como se diz, os lábios mais vermelhos do que qualquer sangue, com um traje que ou era da cor errada, ou era apertado demais, ou era juvenil demais, a taça na mão ameaçando a qualquer momento ser reduzida a cacos, a lascas, e aquela voz falando sem parar, como uma lâmina riscando vidro. Quando eu era menino e via Ellen no meio das visitas, ela me inspirava medo.

Mas o que quer que estivesse acontecendo naquela sala, minha mãe via tudo. Ela nos observava de dentro da moldura da foto, uma mulher pálida, loura, de feições delicadas, olhos negros, testa reta, boca nervosa e doce. Mas algo naqueles olhos que olhavam fixamente para a frente, algo de muito discretamente sardônico e astuto nos lábios dava a entender que, em algum lugar por trás daquela fragilidade tensa, havia uma força ao mesmo tempo diversificada e implacável, que era, tal como a ira de meu pai, perigosa por ser inteiramente inesperada. Meu pai quase nunca falava sobre ela, e quando o fazia dava um jeito de encobrir, de algum modo misterioso, o próprio rosto; referia-se a ela apenas na condição de minha mãe; aliás, quando falava sobre ela, era como se estivesse falando sobre sua própria mãe. Já Ellen discorria sobre minha mãe frequentemente, dizendo que fora uma mulher notável, porém me deixava pouco à vontade. Eu tinha a impressão que não tinha o direito de ser filho de uma mãe como aquela.

Anos depois, já adulto, tentei fazer com que meu pai falasse sobre minha mãe. Mas Ellen já havia morrido e ele estava prestes a se casar de novo. Então discorreu sobre minha mãe tal como antes Ellen fazia, e era como se estivesse falando sobre a própria Ellen.

Uma vez eles brigaram, quando eu tinha mais ou menos treze anos. As brigas, na verdade, eram comuns; mas creio que me lembro muito bem desta em particular porque eles pareciam estar brigando por minha causa.

Eu estava na cama, no andar de cima, dormindo. Já era bem tarde. De repente fui acordado pelos passos do meu pai lá fora, bem abaixo da minha janela. Pelo barulho e pelo ritmo dava para perceber que ele estava um pouco bêbado, e lembro que naquele momento certo sentimento de decepção, uma tristeza sem precedentes, me penetrou. Eu já o vira bêbado muitas vezes e nunca havia me sentido daquele jeito — pelo contrário, meu pai às vezes ficava muito encantador quando estava embriagado —, mas naquela noite senti de súbito que havia alguma coisa naquilo, em meu pai, que merecia desprezo.

Ouvi-o entrando em casa. Então, na mesma hora, veio a voz de Ellen.

"Você ainda não está na cama?", perguntou meu pai. Estava tentando ser agradável, tentando evitar uma cena, mas em sua voz não havia cordialidade, apenas tensão e irritação.

"Acho", disse Ellen, fria, "que alguém devia lhe dizer o que você está fazendo com seu filho."

"O que é que eu estou fazendo com o meu filho?" Ele ia dizer mais alguma coisa, alguma coisa terrível; porém se conteve e apenas perguntou, com uma tranquilidade resignada, desesperada, de bêbado: "Do que é que você está falando, Ellen?".

"Você realmente acha", perguntou ela — eu tinha certeza de que estava parada no centro da sala, as mãos entrelaçadas à sua frente, bem empertigada e imóvel — "que você é o tipo de homem que ele devia ser quando crescer?" E como meu pai não dissesse nada: "Ele está crescendo, você sabe". E então, num tom malicioso: "Quanto a você, eu não poderia dizer o mesmo".

"Vá se deitar, Ellen", disse meu pai, com uma voz de extremo cansaço.

Pensei, como eles estavam falando a meu respeito, que devia descer para a sala e dizer a Ellen que, o que quer que estivesse errado entre mim e meu pai, nós dois poderíamos resolver sem a ajuda dela. E talvez — o que é estranho — eu tenha tido a impressão de que ela estava sendo desrespeitosa em relação a *mim*. Pois eu certamente jamais dissera a ela qualquer coisa a respeito de meu pai.

Ouvi os passos pesados e incertos dele atravessando a sala, em direção à escada.

"Não pense", disse Ellen, "que não sei onde você estava."

"Eu saí — pra beber", disse meu pai, "e agora queria dormir um pouco. Pode ser?"

"Você esteve com aquela moça, a Beatrice", disse Ellen. "É lá que você sempre vai, e é lá que você gasta todo o seu dinheiro, e sua hombridade e sua dignidade também."

Ellen havia conseguido deixá-lo irritado. Ele começou a gaguejar. "Se você acha — se você *acha* — que eu vou ficar — ficar — ficar aqui — discutindo com *você* a respeito da minha vida privada — a *minha* vida privada! — se você acha que eu vou discutir isso com *você*, ora, você então enlouqueceu."

"Estou pouco ligando", disse Ellen, "pro que você resolve fazer com a sua vida. Não é com *você* que estou preocupada. A questão é que você é a única pessoa que tem autoridade sobre o David. Eu não tenho. E ele não tem mãe. O menino só me dá ouvidos quando acha que isso vai agradar a você. Será que você realmente acha que é bom pro David ver o pai dele chegar em casa caindo de bêbado o tempo todo? E não tente se enganar", ela acrescentou, após um momento, com a voz embargada de raiva, "não tente se enganar dizendo que ele não sabe de onde você vem, não pense que o David não sabe sobre as suas mulheres!"

Ela estava enganada. Creio que eu nada sabia a respeito delas — ou então nunca havia pensando nisso. Mas, a partir daquela noite, eu não pensava em outra coisa. Quase toda vez que via uma mulher, não podia deixar de pensar se meu pai tinha ou não, como dizia Ellen, "se metido" com ela.

40

"Acho até possível", disse meu pai, "que David tenha uma mente menos suja do que a sua."

O silêncio que se seguiu, durante o qual meu pai subiu a escada, foi de longe o pior que eu já tinha vivenciado até então. Eu me perguntava no que eles estariam pensando — cada um deles. Como estaria a expressão de seus rostos? O que eu veria quando olhasse para eles na manhã seguinte?

"E vou dizer uma coisa", disse meu pai de repente, do meio da escada, com uma voz que me assustou, "a única coisa que eu quero é que o David seja um homem quando crescer. E quando eu digo um homem, Ellen, não estou me referindo a um professor de religião."

"Um homem", disse Ellen, seca, "não é a mesma coisa que um touro. Boa noite."

"Boa noite", disse ele, depois de algum tempo.

E o ouvi passando pela minha porta, trôpego.

A partir daquele momento, com a intensidade misteriosa, astuta e terrível das crianças pequenas, passei a desprezar meu pai e a odiar Ellen. É difícil dizer por quê. Não sei por quê. Mas foi assim que todas as profecias de Ellen a meu respeito puderam se realizar. Ela disse que chegaria um momento em que nem ninguém nem nada seria capaz de me controlar, nem mesmo meu pai. E sem dúvida esse momento chegou.

Foi depois de Joey. O incidente com ele havia me abalado profundamente, e tivera o efeito de me tornar dissimulado e cruel. Eu não podia falar sobre o que havia acontecido com ninguém, não podia nem mesmo admiti-lo a mim mesmo; e, embora nunca pensasse sobre ele, o episódio estava sempre no fundo da minha consciência, tão imóvel e terrível quanto um cadáver em decomposição. E foi mudando, ficando mais espesso, tornando irrespirável a atmosfera da minha mente. Em pouco tempo era eu que chegava em casa tarde, caindo de bêbado, era eu que encontrava Ellen acordada esperando por mim, éramos eu e Ellen que discutíamos noite após noite.

A posição de meu pai era de que aquilo não passava de uma fase inevitável do meu crescimento, e ele fingia não levar a sério. Mas, por trás de sua aparência jovial, de sua cumplicidade masculina, estava confuso, assustado. Talvez imaginasse que, ao crescer, eu ia me aproximar dele — e, no entanto, agora que meu pai estava tentando descobrir alguma coisa a meu respeito, eu fugia dele o tempo todo. Não *queria* que ele me conhecesse. Não queria que ninguém me conhecesse. Além disso, estava fazendo com ele aquilo que todos os jovens inevitavelmente fazem com seus pais: começava a julgá-lo. E a própria severidade desse julgamento, que partia meu coração, revelava, embora na época eu não pudesse dizê-lo, quanto eu o havia amado, e que aquele amor, tal como minha inocência, estava morrendo.

Meu pai, coitado, se sentia perplexo e temeroso. Não conseguia acreditar que as coisas estivessem tão mal entre nós dois. E não apenas porque, nesse caso, ele não saberia o que fazer; era principalmente porque seria obrigado a assumir que havia deixado de fazer alguma coisa, em algum lugar, uma coisa da maior importância. E como nem eu nem ele fazíamos ideia do que podia ter sido essa omissão tão importante, e como nós dois precisávamos permanecer numa aliança tácita contra Ellen, nosso refúgio era nos tratarmos com uma jovialidade enfática. Não parecíamos pai e filho, ele dizia às vezes com orgulho, e sim amigos do peito. Creio que meu pai às vezes chegava mesmo a acreditar no que dizia. Eu, não. Nunca quis ser amigo do peito dele; queria era ser seu filho. Nossa relação, de aparente franqueza masculina, me desgastava e horrorizava. Os pais não devem ficar inteiramente nus diante dos filhos. Eu não queria saber — pelo menos não através dele mesmo — que sua carne era tão incorrigível quanto a minha. Aquilo não me fazia me sentir mais seu filho — nem seu amigo do peito —, e sim sentir-me como um intruso, e um intruso assustado. Ele achava que nós dois éramos parecidos. Essa ideia eu não queria aceitar. Não queria pensar que minha vida seria como a dele, nem que a minha mente ia se tornar tão pálida, tão desprovida de lugares duros, de ribanceiras íngremes. Ele não queria que houvesse distância entre nós; queria que eu o visse como um homem semelhante a mim. Eu, porém, ansiava por aquela abençoada distância entre pai e filho que me teria permitido amá-lo.

Uma noite, bêbado, voltando de uma festa fora da cidade com outras pessoas, o carro que eu estava dirigindo bateu. A culpa foi exclusivamente minha. Estava quase bêbado demais para andar, e não tinha nada que estar dirigindo; mas os outros não sabiam disso, pois sou dessas pessoas que conseguem parecer sóbrias mesmo estando a ponto de desabar. Num trecho reto da estrada alguma coisa estranha aconteceu com todas as minhas reações, e sem mais nem menos perdi o controle do carro. Então um poste telefônico, branco como espuma, apareceu berrando à minha frente do meio da escuridão; ouvi gritos e em seguida um som pesado, um rugido, alguma coisa a se rasgar. Depois tudo ficou completamente vermelho e, em seguida, claro como o dia, e mergulhei numa escuridão que jamais conhecera antes.

Creio que comecei a despertar quando estávamos sendo levados para o hospital. Lembro-me vagamente de movimentos e vozes, mas pareciam muito distantes, pareciam não ter nada a ver comigo. Então, mais tarde, acordei num lugar que lembrava o coração do inverno, teto alto e branco, paredes brancas, janela dura e glacial, curvada, ao que parecia, sobre mim. Devo ter tentado me levantar, pois me recordo de ouvir um rugido horrível na minha cabeça, depois um peso no meu peito e um rosto enorme sobre mim. E, à medida que esse peso, esse rosto, começou a me fazer submergir de novo, gritei por minha mãe. Então a escuridão voltou.

Quando finalmente recuperei os sentidos, meu pai estava em pé ao lado do meu leito. Eu sabia que ele estava presente antes mesmo de vê-lo, antes que meus olhos entrassem em foco e eu virasse a cabeça para o lado com todo o cuidado. Quando meu pai viu que eu estava acordado, aproximou-se cuidadosamente da cama, indicando com um gesto que eu permanecesse imóvel. Ele parecia muito velho. Tive vontade de chorar. Por um momento, ficamos só olhando um para o outro.

"Como está se sentindo?", cochichou por fim.

Foi quando tentei falar que me dei conta de estar sentindo dor, e na mesma hora assustei-me. Ele devia ter percebido isso no meu olhar, pois disse então, em voz baixa, com uma intensidade dolorosa e maravilhosa: "Não se preocupe, David, você vai ficar bom. Você vai ficar bom".

Eu ainda não conseguia dizer nada. Limitava-me a olhar para o rosto dele.

"Vocês tiveram muita sorte", ele prosseguiu, tentando sorrir. "Você foi o que se arrebentou mais."

"Eu estava bêbado", consegui dizer por fim. Queria lhe contar tudo — mas falar era muito doloroso.

"Você não sabe", perguntou ele, com uma expressão de extrema perplexidade — pois isso era algo que ele podia se permitir tomar como motivo de perplexidade —, "que não pode dirigir um carro quando está bêbado? Não é possível que você não saiba", prosseguiu, severo, apertando os lábios. "Ora, vocês podiam ter morrido, todos vocês." E sua voz falhou.

"Desculpa", eu disse de repente. "Desculpa." Eu não saberia dizer pelo que estava me desculpando.

"Em vez de pedir desculpas", ele retrucou, "seja mais cuidadoso da próxima vez." Meu pai mexia o tempo todo num lenço, passando-o de uma mão para a outra; então abriu-o, estendeu a mão e enxugou minha testa. "Eu só tenho você", disse, com um sorriso tímido e constrangido. "Seja cuidadoso."

"Papai", disse eu. Então comecei a chorar. E se falar já tinha sido uma agonia, chorar era pior ainda, no entanto eu não conseguia parar.

O rosto de meu pai mudou. Ficou velhíssimo, e ao mesmo tempo absolutamente, irreprimivelmente, jovem. Lembro que fiquei atônito, no centro imóvel e frio da tempestade que estava acontecendo dentro de mim, ao me dar conta de que meu pai havia sofrido, ainda estava sofrendo.

"Não chora", disse ele, "não chora." Acariciou minha testa com aquele lenço ridículo como se ele possuísse algum encantamento curativo. "Não tem motivo pra chorar. Tudo vai acabar bem." Ele próprio estava quase em lágrimas. "Não há nada de errado, não é? Eu não fiz nada de errado, não é?" E o tempo todo ele acariciava meu rosto com aquele lenço, me sufocando.

"Nós estávamos bêbados", eu disse. "Nós estávamos bêbados." Porque isso parecia de algum modo explicar tudo.

"A sua tia Ellen diz que a culpa é minha", ele continuou. "Diz que eu nunca criei você direito." Meu pai recolheu, graças a Deus, aquele lenço e empertigou os ombros com um movimento débil. "Você não tem nada contra mim, não é? Me diz, se você tiver?"

Minhas lágrimas começaram a secar, no rosto e no peito. "Não", respondi, "não. Nada. Falando sério."

"Eu fiz o melhor que pude", insistiu. "Realmente fiz o melhor que pude." Olhei para meu pai. Por fim ele sorriu. "Você vai ter que ficar de cama por um tempo, mas, quando voltar para casa, enquanto estiver de cama, a gente vai conversar, não é? E tentar entender que diabo a gente vai fazer com você quando ficar bom. Certo?"

"Certo", concordei.

Pois compreendi, no fundo do coração, que nunca havíamos conversado, que agora mesmo é que nunca íamos conversar. Compreendi que era importante que ele jamais soubesse disso. Quando voltei para casa ele me falou sobre o meu futuro, mas eu já havia tomado a minha decisão. Eu não ia cursar faculdade, não ia ficar naquela casa com ele e Ellen. E consegui manipular meu pai com tanto jeito que ele realmente começou a acreditar que, se eu havia encontrado um emprego e agora morava sozinho, era uma consequência direta de seus conselhos e a prova de que havia me criado direito. Depois que saí de casa, é claro, ficou muito mais fácil lidar com meu pai, e ele nunca teve motivo para se sentir excluído da minha vida, pois eu sempre conseguia, quando conversávamos, dizer-lhe o que ele queria ouvir. E nos dávamos muito bem, pois a visão da minha vida que eu transmitia a meu pai era precisamente aquela em que eu precisava acreditar, com todas as minhas forças.

Pois eu sou — ou era — uma dessas pessoas que se orgulham de possuir força de vontade, de conseguir tomar uma decisão e levá-la a cabo. Essa virtude, como a maioria das virtudes, é totalmente ambígua. As pessoas que julgam ter força de vontade e controlar seu próprio destino só conseguem continuar acreditando nisso tornando-se peritas em enganar a si próprias. Suas decisões na verdade não são decisões — uma decisão de verdade torna a pessoa humilde, pois ela sabe estar à mercê de tantos fatores que nem é possível listá-los —, e sim complexos sistemas de evasão, de ilusão, com o objetivo de fazer com que elas e o mundo pareçam ser aquilo que elas e o mundo não são. Era isso que minha decisão, tomada havia tantos anos na cama de Joey, realmente significava. Eu decidira não deixar nenhum espaço no universo para uma coisa que me inspirava vergonha e medo. Nisso saí-me muito bem — jamais encarando o universo, jamais encarando a mim mesmo, permanecendo em movimento constante. Mas até mesmo o movimento constante, é claro, não impede que de vez em quando haja uma queda misteriosa, como acontece quando um avião encontra uma turbulência. E ocorreram algumas dessas quedas, todas envolvendo bebedeiras, todas sórdidas, uma particularmente assustadora quando eu estava no Exército, envolvendo uma bicha que depois foi expulsa da corporação por decisão da corte marcial. O pânico que essa punição inspirou em mim foi o mais próximo que jamais senti de vivenciar os terrores que por vezes eu via nos olhos de outros homens.

O que aconteceu foi que, inteiramente inconsciente do que significava esse tédio, me cansei da movimentação, me cansei dos oceanos de álcool que não me davam prazer, me cansei das amizades grosseiras, diretas, joviais e de todo desprovidas de sentido, me cansei de perambular pelas florestas de mulheres desesperadas, me cansei do trabalho, que só me dava alimento no sentido mais brutalmente literal do termo. Talvez, como dizemos nos Estados Unidos, eu quisesse me encontrar. É uma expressão interessante, que até onde sei não é corrente nos idiomas de outros povos, que certamente não significa o que quer dizer ao pé da letra, porém trai uma suspeita incômoda de que alguma coisa está fora do lugar. Hoje, creio que, se na época eu fizesse ideia de que o eu que ia terminar encontrando acabaria sendo o mesmo do qual havia passado tanto tempo fugindo, teria ficado na minha terra. Por outro lado, acho que, no fundo do coração, sabia muito bem o que estava fazendo quando peguei o navio que ia me levar à França.

2

Conheci Giovanni no meu segundo ano em Paris, quando estava sem dinheiro. Na manhã da noite em que nos conhecemos, eu tinha sido expulso de meu quarto. Minha dívida não era nenhuma fortuna, apenas cerca de seis mil francos, mas os hoteleiros parisienses têm um faro para detectar pobreza, e nesses casos eles fazem o que faz todo mundo ao sentir um cheiro ruim: jogam no olho da rua o que estiver fedendo.

Meu pai tinha em sua conta uma quantia que pertencia a mim, porém relutava muito em enviá-la porque queria que eu voltasse para casa — voltasse para casa e criasse raízes, como dizia ele, e toda vez que o fazia eu pensava em raízes podres mergulhadas numa poça estagnada. Na época não conhecia muita gente em Paris, e Hella estava na Espanha. Em sua maioria, meus conhecidos na cidade faziam parte, como dizem às vezes os parisienses, do *milieu*, e se por um lado *le milieu* estava claramente ansioso por me incorporar, eu, por outro, estava decidido a provar, para eles e para mim mesmo, que não era um deles. Minha maneira de fazer isso era passar boa parte do tempo em sua companhia e manifestar em relação a todos eles uma tolerância que me colocava, assim eu imaginava, acima de qualquer suspeita. Havia escrito a amigos pedindo dinheiro, é claro, mas o oceano Atlântico é fundo e largo, e o dinheiro não tem pressa de vir da margem oposta.

Assim, eu estava folheando meu caderno de endereços, diante de uma xícara de café morno, num café em algum bulevar, quando resolvi ligar para um velho conhecido meu que vivia me dizendo para procurá-lo, um comerciante americano nascido na Bélgica, já de certa idade, chamado Jacques. Ele possuía um apartamento grande e confortável, muita bebida e muito dinheiro. Tal como eu esperava, ficou surpreso quando ouviu minha voz, e, antes que sua surpresa e meu charme se dissipassem, dando-lhe tempo de ficar desconfiado, Jacques me convidou para jantar. É possível que ao desligar o telefone ele já estivesse xingando e pegando a carteira, mas era tarde demais. Jacques não é má pessoa. Talvez seja um bobo e um covarde, mas quase todo mundo é uma coisa ou a outra, e a maioria das pessoas é as duas coisas. Sob certos aspectos, eu gostava dele. Era um tolo, mas era também muito solitário; seja como for, agora me dou conta de que o desprezo que ele me inspirava tinha a ver com o desprezo que eu sentia por mim mesmo. Às vezes Jacques era inacreditavelmente generoso, e às vezes era indizivelmente mesquinho. Embora quisesse confiar em todo mundo, era incapaz de ter confiança em quem quer que fosse; para compensar esse fato, desperdiçava dinheiro com as pessoas; e quando isso ocorria as pessoas sempre se aproveitavam dele. Então fechava a carteira, trancava a porta e recolhia-se àquela forte autocomiseração que era talvez a única coisa sua que realmente lhe pertencia. Passei muito tempo achando que ele, com seu apartamento enorme, suas promessas bem-intencionadas, seu uísque, sua maconha, suas orgias, era em parte o culpado pela morte de Giovanni. E talvez fosse mesmo. Mas as mãos de Jacques certamente não estão mais sujas de sangue do que as minhas.

Aliás, estive com ele logo depois que Giovanni foi condenado. Jacques estava num café, sentado numa mesa na calçada, embrulhado num sobretudo, tomando um *vin chaud*. Estava sozinho na calçada. Ele me chamou quando passei.

Não estava com bom aspecto, tinha o rosto manchado, e os olhos, por trás dos óculos, pareciam os de um moribundo a olhar para todos os lados em busca de uma cura.

"Você está sabendo", cochichou, quando me sentei à sua mesa, "do Giovanni?"

Fiz que sim. Lembro que o sol de inverno brilhava, e eu me sentia tão frio e distante quanto o sol.

"Terrível, terrível, terrível", gemia ele. "Terrível."

"É", concordei. Não consegui dizer mais nada.

"Não entendo por que ele fez isso", Jacques prosseguiu, "por que não pediu ajuda aos amigos." Olhou para mim. Nós dois sabíamos que na última vez que Giovanni pedira dinheiro a ele, Jacques tinha dito não. Não fiz nenhum comentário. "Dizem que ele tinha começado a tomar ópio", continuou Jacques, "que precisava do dinheiro para comprar ópio. Você ouviu falar nisso?"

Eu tinha ouvido falar, sim. Era uma especulação jornalística em que, porém, eu tinha motivos para acreditar, porque me lembrava da intensidade do desespero de Giovanni, porque sabia até que ponto aquele terror, tão imenso que havia simplesmente se transformado num vácuo, o impelia. "Eu quero mais é fugir", ele dissera a mim, *"Je veux m'evader* — deste mundo sujo, deste corpo sujo. Não quero nunca mais fazer amor com outra coisa além do corpo."

Jacques esperava que eu respondesse. Eu olhava fixamente para a rua. Estava começando a pensar na morte de Giovanni

— onde existira Giovanni não haveria mais nada, nada por todo o sempre.

"Espero que a culpa não seja minha", disse Jacques por fim. "Não dei o dinheiro a ele. Se soubesse — teria dado tudo o que eu tinha."

Mas nós dois sabíamos que aquilo não era verdade.

"Vocês dois", Jacques indagou, "vocês não eram felizes juntos?"

"Não", respondi. Levantei-me. "Talvez tivesse sido melhor", prossegui, "se ele tivesse ficado naquela aldeia dele na Itália, plantando oliveiras, tendo um monte de filhos e batendo na mulher. Ele antes adorava cantar", lembrei-me de repente, "quem sabe poderia ter ficado lá e passado a vida cantando pra depois morrer na cama."

Então Jacques disse uma coisa que me surpreendeu. As pessoas são cheias de surpresas, surpreendendo até a si próprias, quando sofrem um impacto mais forte. "Ninguém pode ficar no jardim do Éden." Depois acrescentou: "Por que será?".

Não fiz nenhum comentário. Me despedi dele e fui embora. Hella havia voltado da Espanha fazia muito tempo, já estávamos negociando o aluguel desta casa e eu tinha ficado de me encontrar com ela.

Até hoje penso naquela pergunta de Jacques. A pergunta é banal, mas um dos grandes problemas da vida é que ela é muito banal. Todo mundo, no final das contas, caminha pela mesma estrada escura — e a estrada dá um jeito de ser particularmente escura e traiçoeira quando parece estar mais iluminada —, e de fato ninguém fica no jardim do Éden. O jardim de Jacques não era o mesmo que o de Giovanni, é claro. O jardim de Jacques tinha a ver com jogadores de futebol, e o de Giovanni tinha a ver com donzelas — mas pelo visto isso acabou não fazendo muita diferença. Talvez todo mundo tenha seu jardim do Éden, não sei; mas as pessoas mal têm tempo de vê-lo e já aparece a espada em chamas. Talvez a vida só ofereça as opções de lembrar-se do jardim ou esquecê-lo. Uma coisa ou outra: é preciso ter força para lembrar, e é preciso ter outro tipo de força para esquecer, e somente um herói é capaz de fazer as duas coisas. As pessoas que lembram correm o risco de enlouquecer de dor, a dor da morte de sua inocência, a recorrer eternamente; as que esquecem se arriscam a mergulhar em outra espécie de loucura, a loucura de negar a dor e odiar a inocência; e o mundo basicamente se divide entre loucos que lembram e loucos que esquecem. Os heróis são raros.

Jacques não queria jantar em casa, porque seu cozinheiro havia fugido. Os cozinheiros de Jacques viviam fugindo. Ele sempre arranjava rapazes bem jovens nas províncias, sabe Deus como, que iam trabalhar para ele como cozinheiros; naturalmente, assim que aprendiam a andar na capital, concluíam que a coisa que menos queriam fazer na vida era cozinhar. De modo geral, acabavam voltando para a província, quando não iam parar na rua, na cadeia ou na Indochina.

Encontrei-me com Jacques num restaurante muito bom na Rue de Grenelle, e consegui que me emprestasse dez mil francos antes que terminássemos os aperitivos. Ele estava bem-humorado, e eu, é claro, também estava, o que significava que íamos acabar bebendo no bar predileto de Jacques, uma espécie de túnel barulhento, lotado de gente e mal iluminado, de reputação duvidosa — melhor dizendo, não duvidosa, e sim bem óbvia. De vez em quando a polícia dava uma batida por lá, ao que parecia com a cumplicidade de Guillaume, o *patron*, que sempre dava um jeito de avisar, na noite em questão, seus clientes favoritos, dizendo-lhes que, ao menos que estivessem munidos de seus respectivos documentos, melhor seria ir para outro lugar.

Lembro que o bar naquela noite estava mais cheio e mais barulhento do que de costume. Todos os habitués estavam presentes, e havia também muitos desconhecidos, uns observando, outros simplesmente com olhos arregalados. Havia três ou quatro damas parisienses muito chiques em torno de uma mesa, acompanhadas de seus gigolôs ou amantes, talvez apenas seus primos do interior, só Deus sabe; elas pareciam muito animadas, e seus acompanhantes estavam um tanto rígidos; as damas pareciam estar bebendo mais do que eles. Estavam lá os cavalheiros de sempre, barrigudos, de óculos, de olhar ávido, por vezes desesperado, e também os rapazes de sempre, esguios como facas, com calças justas. Nunca se sabia direito, a respeito desses rapazes, se estavam atrás de dinheiro, sangue ou amor. Zanzavam de um lado para o outro sem parar, filando cigarros e bebidas, com alguma coisa atrás dos olhos ao mesmo tempo muitíssimo vulnerável e duríssima. Lá estavam também, é claro, *les folles*, sempre combinando as roupas mais improváveis, proclamando em altos brados, como papagaios, os detalhes de seus casos amorosos mais recentes — seus casos amorosos, ao que parecia, eram sempre hilariantes. De vez em quando um entrava, já alta madrugada, para dar a notícia de que ele — se bem que sempre se tratavam no feminino — tinha acabado de sair da companhia de um famoso ator de cinema ou lutador de boxe. Então todos os outros cercavam o recém-chegado, parecendo formar um jardim de pavões, e emitiam os ruídos de um galinheiro. Sempre achei difícil acreditar que eles fossem para a cama com alguém, pois um homem que quisesse uma mulher certamente haveria de preferir uma mulher de verdade, e o que quisesse um homem sem dúvida não ia querer um *deles*. Talvez fosse por isso que gritavam tão alto. Lá estava o rapaz que trabalhava o dia inteiro, dizia-se, numa agência do correio, e que saía à noite com o rosto pintado, brincos nas orelhas e os abundantes cabelos loiros formando um penteado alto. Às vezes chegava a usar saia e sapatos de salto. Geralmente ficava sozinho, a menos que Guillaume se aproximasse para fazer troça dele. Dizia-se que era uma pessoa muito simpática, mas confesso que sua aparência totalmente grotesca me incomodava, talvez pelo mesmo motivo que algumas pessoas sentem o estômago revirar quando veem macacos devorando seus próprios excrementos. Talvez não se incomodassem tanto se os macacos não se assemelhassem — de modo tão grotesco — a seres humanos.

Esse bar ficava praticamente no meu *quartier*, e muitas vezes eu tomava o desjejum num café frequentado por operários que ficava ali perto, ao qual recorriam todos os notívagos do bairro quando os bares se fechavam. Às vezes eu estava com Hella; às vezes ia lá sozinho. E eu também já tinha ido àquele bar, duas ou três vezes; numa dessas ocasiões, caindo de bêbado, fui acusado de causar certa sensação por flertar com um soldado. Minha lembrança dessa noite era, felizmente, muito vaga, e a postura que assumi era a de que, por mais bêbado que estivesse, não seria capaz de fazer tal coisa. Mas meu rosto era conhecido, e eu tinha a impressão de que as pessoas estavam fazendo apostas a meu respeito. Ou então era como se fossem anciãs de alguma ordem monástica estranha e austera me observando a fim de descobrir, através de sinais que eu emitia mas que apenas elas eram capazes de interpretar, se eu tinha ou não uma vocação verdadeira.

Jacques percebera, e eu percebera, enquanto avançávamos em meio à multidão em direção ao bar — era como entrar no campo de força de um ímã, ou como aproximar-se de um pequeno círculo de calor —, a presença de um barman novo. Insolente, moreno e leonino, cotovelo apoiado na caixa registradora, dedilhando o próprio queixo, ele contemplava a multidão. Era como se estivesse postado num promontório e nós fôssemos o mar.

Jacques imediatamente foi atraído por ele. Senti, por assim dizer, que se preparava para a conquista. Senti necessidade de ser tolerante.

"Tenho certeza", disse eu, "que você vai querer conhecer o barman. Assim, posso desaparecer quando você quiser."

Havia, nessa minha tolerância, um fundo, não tão pequeno assim, de conhecimento malicioso — eu havia recorrido a esse fundo quando procurei Jacques para pedir dinheiro emprestado. Eu sabia que ele só teria alguma esperança de conquistar aquele rapaz se o rapaz estivesse mesmo à venda; e, se ele assumia uma postura tão arrogante naquele leilão, sem dúvida tinha condições de encontrar licitantes mais ricos e mais atraentes do que Jacques. Eu sabia que Jacques sabia disso. Eu sabia também outra coisa: que o suposto afeto que Jacques sentia por mim tinha algo a ver com desejo — o desejo, na verdade, de livrar-se de mim, para poder, em breve, me desprezar tal como agora desprezava aquele exército de rapazes que tinham, sem amor, dormido em sua cama. Eu, para me defender desse desejo, fingia que nós dois éramos amigos, e o obrigava, para não sofrer uma humilhação, a fingir também. Eu fazia de conta que não via, embora explorasse, a volúpia que não estava de todo adormecida em seu olhar vivo e rancoroso, e, por meio da franqueza áspera e masculina através da qual eu lhe informava que ali ele não tinha nenhuma chance, obrigava-o a ficar eternamente nutrindo esperanças. E eu sabia, por fim, que em bares como aquele eu era a proteção de Jacques. Enquanto durasse minha presença ali, o mundo podia ver e ele podia acreditar que havia saído comigo, seu amigo, que não estava ali movido pelo desespero, não estava à mercê de qualquer aventureiro que o acaso, a crueldade ou as leis da pobreza financeira e emocional colocassem à sua frente.

"Fica aí onde você está", disse Jacques. "De vez em quando

eu olho pra ele conversando com você, assim economizo dinheiro — e fico satisfeito."

"Onde será que o Guillaume encontrou esse cara?", comentei.

Pois o barman era exatamente o tipo de rapaz com que Guillaume sempre sonhava, a ponto de parecer quase impossível que o tivesse encontrado mesmo.

"Querem alguma coisa?", ele nos perguntou. O tom de voz indicava que, embora não falasse inglês, sabia que estávamos falando sobre ele e esperava que tivéssemos mudado de assunto.

"*Une fine à l'eau*", eu disse, e "*un cognac sec*", disse Jacques, nós dois falando depressa demais, o que me fez corar e me dar conta, percebendo um sorriso discreto no rosto de Giovanni enquanto nos servia, de que ele o havia percebido.

Jacques, interpretando erradamente, e de propósito, o esboço de sorriso de Giovanni, tomou aquilo como uma oportunidade. "Você é novo aqui?", perguntou em inglês.

Era quase certo que Giovanni havia entendido a pergunta, porém ele achou melhor olhar para Jacques, para mim e de novo para Jacques, com uma expressão perplexa. Jacques traduziu a pergunta.

Giovanni deu de ombros. "Estou aqui há um mês", respondeu.

Eu sabia para onde estava indo aquela conversa, e mantinha os olhos baixos, tomando goles do meu drinque.

"Você", comentou Jacques, com uma espécie de insistência enfática na leveza, "deve achar isso aqui muito estranho."

"Estranho?", perguntou Giovanni. "Por quê?"

E Jacques soltou um riso nervoso. De repente senti vergonha de estar com ele. "Todos esses homens…" — e eu conhecia aquela voz, ofegante, insinuante, aguda de um modo que nenhuma voz de moça jamais conseguiria ser, e quente, lembrando de alguma maneira o calor absolutamente imóvel e fatal que paira os pântanos no verão —, "todos esses homens", ele gaguejou, "e tão poucas mulheres. Não acha isso estranho?"

"Ah", exclamou Giovanni, e virou-se para atender outro cliente, "as mulheres na certa estão esperando em casa."

"Tenho certeza que tem uma esperando por você", Jacques insistiu, sem ter resposta de Giovanni.

"Bem. Foi rápido", disse Jacques, dirigindo-se um pouco a mim e um pouco ao espaço vazio que fora ocupado por Giovanni ainda há pouco. "Não foi bom você ficar? Agora estou aqui só para você."

"Ah, você está fazendo tudo errado", retruquei. "Ele está louco por você. Só não quer parecer ansioso. Peça uma bebida a ele. Descubra onde costuma comprar roupas. Fale sobre aquela gracinha de Alfa Romeo que você está doido pra dar pra algum barman merecedor."

"*Muito* engraçado", Jacques respondeu.

"Bem", eu disse, "coração fraco não merece rapaz belo, disso não há dúvida."

"Seja como for, tenho certeza que ele vai pra cama com mulher. Todos eles fazem isso, você sabe."

"É, já ouvi dizer que tem rapazes assim. Que coisa revoltante."

Ficamos em silêncio por algum tempo.

"Por que *você* não convida ele pra tomar uma coisa com a gente?", sugeriu Jacques.

Encarei-o.

"*Eu*? Você pode achar difícil de acreditar, mas a verdade é que eu gosto de mulher. Se fosse a irmã dele, tão bonita quanto ele, aí eu convidava pra tomar uma coisa com a gente. Não gasto dinheiro com homem."

Vi que Jacques estava fazendo um esforço para não retrucar

que isso não me impedia de fazer com que os homens gastassem o dinheiro deles comigo; assisti àquele rápido conflito com um leve sorriso nos lábios, pois eu sabia que ele não ia conseguir fazer o comentário; então Jacques disse, com aquele seu sorriso alegre e corajoso:

"Eu não estava sugerindo que você comprometesse, nem por um segundo, essa" — ele fez uma pausa — "essa virilidade *imaculada* que te dá tanto prazer e orgulho. Só falei para *você* fazer o convite porque é quase certo que ele diga não se *eu* fizer."

"Mas pensa só", argumentei, sorrindo, "a confusão que vai dar. Ele vai ficar achando que sou *eu* que estou desejando o corpo dele. Como é que a gente sai dessa depois?"

"Se houver alguma confusão", disse Jacques, com dignidade, "vou ter o maior prazer em dar as explicações necessárias."

Ficamos nos entreolhando por um momento. Depois eu ri, dizendo: "Espera até ele passar por aqui de novo. Vou torcer pra que peça uma magnum da champanhe mais cara da França".

Virei-me para o outro lado, apoiado no balcão do bar. De algum modo, sentia-me triunfante. Jacques, a meu lado, estava em silêncio, de repente muito frágil e velho, e fui picado por um sentimento súbito, e um tanto assustado, de piedade por ele. Giovanni tinha saído de seu posto para servir as pessoas sentadas às mesas, e voltava agora com um sorriso um tanto sombrio no rosto, com uma bandeja cheia.

"Talvez", observei, "seja melhor a gente esvaziar os copos."

Terminamos nossos drinques. Pus meu copo na mesa.

"Barman?", chamei-o.

"Mesma coisa?"

"Isso." Ele mais que depressa foi se afastando. "Barman", apressei-me a chamá-lo, "a gente queria te oferecer uma bebida, se for possível."

"*Eh, bien!*", disse uma voz atrás de nós, "*c'est fort ça!* Você conseguiu finalmente — graças a Deus! — corromper esse grande jogador de futebol americano, e agora o está usando para corromper o *meu* barman. *Vraiment, Jacques! Na sua idade!"*

Era Guillaume atrás de nós, sorrindo como uma estrela de cinema, agitando aquele comprido lenço branco sem o qual, ao menos no bar, jamais era visto. Jacques virou-se, satisfeitíssimo por estar sendo acusado de ser tão sedutor, e ele e Guillaume se abraçaram como velhas colegas de teatro.

"*Eh bien, ma chérie, comment vas-tu?* Não vejo você há muito tempo."

"Mas eu tenho andado ocupadíssimo", disse Jacques.

"Não duvido! Você não tem vergonha, *vieille folle?"*

"*Et toi?* Pelo visto não anda desperdiçando o seu tempo."

E Jacques voltou o olhar, deliciado, para Giovanni, como se o rapaz fosse um cavalo de corrida valioso ou uma peça de cerâmica rara. Guillaume acompanhou o olhar do outro e baixou o tom de voz.

"*Ah, ça, mon cher, c'est strictement du business, comprends-tu?"*

Eles se afastaram um pouco. Assim, de uma hora para outra, me vi cercado de um silêncio terrível. Por fim levantei a vista e olhei para Giovanni, que estava me observando.

"Acho que você me ofereceu uma bebida", ele disse.

"Isso mesmo", respondi. "Eu te ofereci uma bebida."

"Não bebo álcool no serviço, mas aceito uma coca-cola." Pegou meu copo. "E pra você — é a mesma coisa, não é?"

"A mesma coisa." Me dei conta de que me agradava muito conversar com ele, e a consciência desse fato me deixou tímido. Além disso, senti-me ameaçado por Jacques não estar mais ao meu lado. Em seguida, compreendi que eu teria que pagar, pelo menos por aquela rodada; eu não podia puxar a manga de Jacques para pedir dinheiro como se estivesse sob sua tutela. Tossi e pus no balcão minha nota de dez mil francos.

"Você é rico", disse Giovanni, e colocou a bebida à minha frente.

"Não sou, não. É só porque não tenho troco."

Ele sorriu com ironia. Eu não sabia se o sorriso era por achar que eu estava mentindo ou por saber que eu estava dizendo a verdade. Pegou a nota em silêncio, abriu a caixa registradora e cuidadosamente contou o meu troco, colocando-o no balcão à minha frente. Em seguida, encheu seu copo e reassumiu seu posto diante da caixa. Senti uma constrição no peito.

"À *la votre*", disse ele.

"À *la votre*." Bebemos.

"Você é americano?", ele perguntou finalmente.

"Sou", respondi. "De Nova York."

"Ah! Dizem que Nova York é muito bonita. É mais bonita que Paris?"

"De jeito nenhum, nenhuma cidade é mais bonita do que Paris…"

"Pelo visto, só de ouvir alguém dizer que uma cidade *pode* ser mais bonita do que Paris você fica zangado", Giovanni comentou com outro sorriso irônico. "Desculpa. Não quis bancar o herege." Então, num tom mais sério e como se para me acalmar: "Você deve gostar muito de Paris".

"Também gosto de Nova York", argumentei, sentindo com desprazer um tom defensivo na minha própria voz, "mas Nova York é muito bonita de uma maneira muito diferente."

Ele franziu a testa. "De que maneira?"

"Ninguém", respondi, "que nunca esteve lá pode imaginar como é. É uma cidade com prédios muito altos, uma cidade nova e elétrica — empolgante." Fiz uma pausa. "É difícil descrever. É muito… século xx."

"Você acha que Paris não pertence a este século?", perguntou ele com um sorriso.

Aquele sorriso fez com que eu me sentisse um pouco tolo. "Bem", fui dizendo, "Paris é muito *velha*, existe há muitos séculos. Em Paris a gente sente todo o tempo que passou. Não é isso que se sente em Nova York…" Ele estava sorrindo, e parei de falar.

"O que é que se sente em Nova York?", indagou.

"Acho que se sente", respondi, "todo o tempo que está por vir. Muito poder, tudo sempre em movimento. A gente não consegue não ficar imaginando — eu, pelo menos, não consigo — como é que vai ser… daqui a muitos anos."

"Daqui a muitos anos? Quando estivermos mortos e Nova York for uma cidade velha?"

"Isso mesmo. Quando todo mundo estiver cansado, quando o mundo — para os americanos — não for mais tão novo."

"Não entendo por que o mundo é tão novo para os americanos", observou Giovanni. "Afinal, vocês todos são só imigrantes. E não saíram da Europa há tanto tempo assim."

"O oceano é muito largo", argumentei. "Levamos vidas diferentes das de vocês; conosco aconteceram coisas que nunca aconteceram aqui. Será que você não entende que por isso somos um povo diferente?"

"Ah! Se isso tivesse mesmo feito vocês virarem um povo diferente!", ele riu. "Mas o que parece é que vocês viraram uma espécie diferente. Será que estão em outro planeta? Porque nesse caso tudo se explica."

"Admito", disse eu, com certa veemência, pois não gosto que riam de mim, "que às vezes a gente dá mesmo a impressão de que se acha de outro planeta. Mas não somos, não. Nem nós nem você, meu amigo."

Ele sorriu de novo. "Não vou contestar este fato profundamente infeliz."

Ficamos em silêncio por um momento. Giovanni afastou-se para servir algumas pessoas nas duas extremidades do balcão.

Guillaume e Jacques continuavam conversando. Ao que parecia, Guillaume estava contando um de seus casos intermináveis, que invariavelmente envolviam as tribulações dos negócios ou as tribulações do amor, e a boca de Jacques estava tensa, formando um sorriso um tanto doloroso. Eu sabia que ele estava doido para voltar ao balcão.

Giovanni voltou a se instalar à minha frente e começou a limpar o balcão com um pano úmido. "Os americanos são engraçados. Vocês têm uma concepção de tempo estranha — ou então não têm nenhuma concepção do tempo, não sei qual dos dois. *Chez vous*, o tempo sempre parece um desfile — um desfile triunfal, como um exército com bandeiras entrando numa cidade. Como se, com o tempo, e nem seria tanto tempo assim para os americanos, *n'est-ce pas?*" Ele sorriu, olhando-me com uma expressão debochada, mas eu não disse nada. "Pois bem", prosseguiu, "como se com o tempo, e com aquela energia tremenda e aquela virtude incrível que vocês têm, tudo pudesse ser resolvido, cada coisa em seu lugar. E quando eu digo tudo", acrescentou, severo, "estou falando de todas essas coisas sérias e terríveis, como a dor e a morte e o amor, em que vocês americanos não acreditam."

"Por que é que você acha que a gente não acredita nelas? E você acredita em quê?"

"Não acredito nessa bobagem a respeito do tempo. O tempo é comum a todo mundo. É igual a água pro peixe. Todo mundo está nessa água, ninguém sai dela, e se sair acontece a mesma coisa que acontece com o peixe: a pessoa morre. E sabe o que é que acontece nessa água, o tempo? Os peixes graúdos comem os miúdos. Só isso. Os graúdos comem os miúdos, e o oceano está pouco se lixando."

"Ah, espere aí", reagi. "Eu não acredito *nisso*. O tempo é uma água quente, e nós não somos peixes, e a gente pode optar por ser comido e por não comer — não comer", acrescentei mais que depressa, ficando um pouco vermelho quando ele abriu um sorriso deliciado e sardônico, "os peixes pequenos, é o que eu quero dizer."

"Optar!", exclamou Giovanni, desviando o rosto de mim e dirigindo-se, era a impressão que dava, a um aliado invisível que estava o tempo todo ouvindo a conversa escondido. "Optar!" Virou-se para mim outra vez. "Ah, você é americano mesmo. *J'adore votre enthousiasme!*"

"E eu adoro o seu", retruquei, educadamente, "embora pareça de um tipo mais negro que o meu."

"Seja como for", disse ele, num tom tranquilo, "eu não sei o que se pode fazer com os peixes miúdos a não ser comer. Eles servem pra outra coisa?"

"No meu país", respondi, sentindo que se travava uma guerra sutil dentro de mim enquanto falava, "parece que os peixes miúdos se uniram e estão mordiscando o corpo da baleia."

"Nem por isso eles vão virar baleias", disse Giovanni. "O resultado de toda essa mordiscação vai ser o desaparecimento da grandeza em todo o mundo, até mesmo no fundo do mar."

"É isso que você tem contra nós? Isso de nos faltar grandeza?"

Ele sorriu — sorriu como quem, diante de uma oposição inteiramente inadequada, está preparado para desistir da discussão. "*Peut-être.*"

"Vocês são impossíveis", exclamei. "Foram vocês que acabaram com toda a grandeza, aqui mesmo nesta cidade, pavimentando tudo. E depois me vêm falar em peixe miúdo...!" Ele continuava com seu sorriso irônico. Parei.

"Não para, não", disse ele, com o mesmo sorriso. "Estou escutando."

Terminei meu drinque. "Vocês despejaram essa *merde* toda

em nós", continuei, irritado, "e agora dizem que somos bárbaros porque fedemos."

Minha irritação o deliciava. "Você é encantador", disse ele. "Sempre fala assim?"

"Não", respondi, e olhei para baixo. "Quase nunca."

Havia nele um toque de coquetismo. "Então me sinto lisonjeado", retrucou, com uma seriedade súbita e desconcertante, a qual continha, no entanto, um levíssimo vestígio de deboche.

"E você", perguntei finalmente, "está aqui há muito tempo? Gosta de Paris?"

Ele hesitou por um momento e depois sorriu, assumindo de uma hora para outra um ar juvenil e tímido. "Faz frio no inverno. Não gosto disso. E os parisienses — acho que são pouco simpáticos, não concorda?" Não esperou que eu respondesse. "Eles não são como as pessoas que eu conhecia quando era mais jovem. Na Itália todos são simpáticos, a gente dança e canta e faz amor — mas as pessoas daqui", e olhou à sua volta para as pessoas do bar, depois para mim, bebendo o último gole de sua coca-cola, "são frias. Não consigo entender essa gente."

"Mas os franceses dizem", provoquei-o, "que os italianos são fluidos demais, voláteis demais, não têm senso de medida…"

"Medida!", exclamou Giovanni. "Ah, essa gente mede tudo! Eles medem o grama, o centímetro, e acumulam todas as migalhas que economizam, uma em cima da outra, um ano depois do outro, dentro da meia ou debaixo da cama — e o que é que eles conseguem com tanta medição? O país está caindo aos pedaços, medida por medida, bem na cara deles. Medida. Não quero ofender os seus ouvidos falando sobre todas as coisas que garanto que essas pessoas medem antes de se permitir fazer qualquer coisa. Posso lhe oferecer um drinque agora", ele perguntou de repente, "antes que o velho volte? Quem é ele? Seu tio?"

Eu não sabia se a palavra "tio" estava sendo usada como

eufemismo ou não. Senti uma vontade muito forte de esclarecer minha posição, mas não sabia como fazê-lo. Então ri. "Não", respondi, "não é meu tio, não. É só um conhecido meu."

Giovanni olhou para mim. E esse olhar me fez sentir que nunca, em toda a minha vida, ninguém havia me olhado diretamente. "Espero que ele não seja um amigo muito querido", disse com um sorriso, "porque para mim ele é um bobo. Não uma pessoa má, veja bem — só um pouco bobo."

"Talvez", concordei, e na mesma hora me senti um traidor. "Ele não é má pessoa, não", acrescentei mais que depressa. "Na verdade, é um cara legal." Isso não é verdade, pensei, Jacques está longe de ser um cara legal. "Mas enfim", prossegui, "ele não é de modo algum um amigo muito querido." Senti mais uma vez, de imediato, um aperto estranho no meu peito, e desconfiei do som da minha própria voz.

Desta vez com cuidado, Giovanni serviu meu drinque. "*Vive l'Amérique*", disse ele.

"Obrigado", retruquei, e levantei meu copo. "*Vive le vieux continent.*"

Ficamos em silêncio por um momento.

"Você vem muito aqui?", Giovanni perguntou de repente.

"Não, não muito."

"Mas você", ele me provocou, com o rosto iluminado por uma expressão maravilhosa de deboche, "vai passar a vir mais agora?"

Gaguejei: "Por quê?".

"Ah!", exclamou Giovanni. "Então você não sabe quando ganha um amigo?"

Eu sabia que devia estar com cara de bobo, e que a minha pergunta também era boba. "Tão depressa assim?"

"Não", disse ele, num tom razoável, e olhou para o relógio, "podemos esperar mais uma hora se você quiser. Aí ficamos amigos. Ou então esperamos até amanhã, mas nesse caso você vai ter que vir aqui amanhã, e pode ser que você tenha mais o que fazer." Guardou o relógio e apoiou os dois cotovelos no balcão. "Vem cá, me explica essa coisa do tempo. Por que é que é melhor chegar tarde do que cedo? As pessoas sempre dizem: é preciso esperar, esperar. Elas estão esperando o quê?"

"Bom", comecei, sentindo que estava sendo atraído para águas profundas e perigosas, "acho que as pessoas esperam pra ter certeza do que é que estão sentindo."

"Pra ter certeza!" Ele virou-se mais uma vez para aquele aliado invisível, e mais uma vez riu. Eu estava começando, talvez, a me incomodar um pouco com aquele fantasma, mas o som do riso de Giovanni naquele túnel sem ar era incrível. "Está claro que você é um filósofo de verdade." Apontou para meu coração. "Nas vezes que esperou — você acabou tendo certeza?"

Para aquela pergunta, não consegui encontrar resposta. Do centro escuro e lotado do bar alguém gritou *Garçon!* e ele afastou-se de mim, sorrindo. "Agora você pode esperar. Depois me diz se conseguiu ter certeza."

E, com sua bandeja redonda de metal, mergulhou na multidão. Eu o observava enquanto ele se movia. Então observei os rostos que o observavam. E tive medo. Eu sabia que as pessoas estavam olhando, que fazia algum tempo que estavam olhando para nós dois. Elas sabiam que haviam testemunhado um começo, e agora não iam parar de olhar enquanto não assistissem ao fim. Havia levado um tempo para isso acontecer, mas as posições agora estavam trocadas; agora era eu que estava na jaula do zoológico, e elas que estavam observando.

Fiquei um bom tempo parado diante do balcão do bar, sozinho, pois Jacques havia escapado de Guillaume, mas agora estava envolvido, coitado, com dois dos rapazes esguios feito facas. Giovanni voltou por um momento e piscou para mim.

"E então, você tem certeza?"

"Você ganhou. O filósofo é você."

"Ah, mas você tem que esperar mais um pouco. Ainda não me conhece bem o bastante pra dizer isso."

E, enchendo a bandeja, desapareceu outra vez.

Nesse momento uma figura que eu não tinha visto antes emergiu das sombras e veio em minha direção. Parecia uma múmia ou um zumbi — foi essa a primeira impressão impactante —, alguém que caminhava depois de ter sido morto. E, de fato, andava como um sonâmbulo, ou como aqueles vultos em câmera lenta que às vezes vemos na tela do cinema. A criatura tinha na mão um copo, caminhava na ponta dos pés, as ancas chatas moviam-se com uma lascívia morta, apavorante. Dava-me a impressão de não produzir nenhum som; era efeito do rugido do bar, que lembrava o rugido do oceano, ouvido à noite, de um lugar distante. A criatura brilhava na penumbra; o cabelo negro e ralo estava violentamente coberto de óleo, penteado para a frente, formando uma franja; as pálpebras luziam de rímel, a boca fervia de batom. O rosto era branco e completamente exangue, coberto com uma espécie de base; fedia a pó de arroz e a um perfume semelhante a gardênia. A camisa, aberta de modo coquete até o umbigo, revelava um peito liso e um crucifixo de prata; a camisa era recoberta de lantejoulas redondas, finas como papel, vermelhas e verdes e laranja e amarelas e azuis, que coruscavam na luz, dando a impressão de que a múmia poderia a qualquer momento desaparecer numa labareda. Em torno da cintura havia uma faixa vermelha, as calças justas eram de um tom de cinza surpreendentemente discreto. Os sapatos tinham fivelas.

Eu não estava certo de que vinha na minha direção, mas não conseguia desprender os olhos dele. O sujeito parou diante de mim com uma das mãos na cintura, olhou-me de alto a baixo e sorriu. Tinha bafo de alho e dentes muito estragados. As mãos, percebi, atônito, eram muito grandes e fortes.

"*Eh bien*", disse ele, "*il te plaît?*"

"*Comment?*", perguntei.

Eu realmente não tinha certeza de que havia ouvido direito o que ele dissera, embora os olhos muito vivos, que pareciam olhar para alguma coisa engraçada que havia no fundo de meu crânio, não deixassem muita margem à dúvida.

"Você gostou dele — do barman?"

Eu não sabia o que fazer ou dizer. Achei que seria impossível bater nele; impossível irritar-me. A criatura não parecia real, o homem não parecia real. Além disso, dissesse o que eu dissesse, aqueles olhos zombariam de mim. Respondi, no tom mais seco de que fui capaz:

"E o que é que você tem a ver com isso?"

"Mas eu não tenho nada a ver com isso, querido. *Je m'en fou.*"

"Então, por favor, vá pro inferno."

Ele não se mexeu de imediato, voltando a sorrir para mim. "*Il est dangereux, tu sais.* E para um rapaz como você — ele é *muito* perigoso."

Eu olhava para ele. Quase lhe perguntei o que queria dizer. "Vá pro inferno", repeti, e lhe dei as costas.

"Ah, não", retrucou — e voltei a olhar para ele. Estava rindo, mostrando todos os dentes — que não eram muitos. "Ah, não, não sou *eu* quem vai pro inferno", disse, agarrando o crucifixo com a manzorra. "Mas você, meu caro — acho que você vai arder num fogo muito quente." Voltou a rir. "Ah, e que fogo!" Levou a mão à cabeça. "Aqui." E estrebuchou, como se estivesse em tormento. "Fogo em *todos* os lugares." Então levou a mão ao coração. "E aqui." Olhava para mim com malícia e deboche e mais alguma coisa; olhava para mim como se eu estivesse muito longe. "Ah, meu pobre amigo, tão jovem, tão forte, tão bonito — você não me paga uma bebida?"

"Va te faire foutre."

Seu rosto desmoronou, com aquele sofrimento dos bebês e dos homens muito velhos — o sofrimento, também, de certas atrizes já envelhecidas, outrora famosas na juventude por sua beleza frágil e delicada. Os olhos escuros apertaram-se de despeito e fúria, e a boca vermelha voltou-se para baixo como a máscara da tragédia. *"T'aura du chagrin"*, disse ele. "Você vai ser muito infeliz. Não esqueça que eu lhe disse isso."

Empertigou-se, como se fosse uma princesa, e mergulhou, flamejante, na multidão.

Então Jacques, a meu lado, dirigiu-se a mim. "Todo mundo no bar está comentando como você e o barman se entenderam às mil maravilhas." Abriu um sorriso radiante e vingativo. "Espero que não tenha havido nenhuma confusão."

Olhei para ele. Tive vontade de fazer alguma coisa com aquele rosto alegre, horrendo, mundano, algo que faria com que ele nunca mais fosse capaz de sorrir para ninguém do modo como estava sorrindo para mim. Então tive vontade de sair daquele bar, respirar ar fresco, talvez encontrar-me com Hella, minha namorada, que de repente estava tão ameaçada.

"Não houve confusão nenhuma", retruquei bruscamente. "E não vá você ficar confuso também."

"Pois acho que posso afirmar", disse Jacques, "que nunca na minha vida me senti menos confuso do que agora." Havia parado de sorrir; dirigia-me um olhar seco, rancoroso e impessoal. "E, mesmo correndo o risco de perder pra sempre a sua amizade tão absolutamente franca, vou lhe dizer uma coisa. A confusão é um luxo a que só as pessoas muito, muito jovens podem se dar, e você não é mais tão jovem assim."

"Não sei do que você está falando", disse eu. "Vamos tomar mais uma."

Parecia-me que o melhor a fazer era me embriagar. Naquele momento Giovanni postou-se atrás do balcão e de novo piscou para mim. Os olhos de Jacques continuavam pregados em meu rosto. Acintosamente, virei-me para o balcão de novo. Ele me acompanhou.

"A mesma coisa", disse Jacques.

"Claro", respondeu Giovanni, "é assim que se faz." Preparou nossos drinques. Jacques pagou. Creio que minha cara não estava muito boa, porque Giovanni gritou para mim, em tom de brincadeira: "Hein? Já está bêbado?".

Levantei a vista e sorri. "Você sabe como bebem os americanos. Eu ainda nem comecei."

"O David está longe de estar embriagado", comentou Jacques. "Está só pensando, com muito pesar, que precisa comprar suspensórios novos."

Tive vontade de esganar Jacques. No entanto, foi com dificuldade que não caí na gargalhada. Fiz para Giovanni uma expressão cujo sentido era que o velho se referia a algo que só nós dois sabíamos, e ele desapareceu de novo. Estávamos naquela hora da noite em que muita gente ia embora e muita gente chegava. Todos haveriam de encontrar-se mais tarde de qualquer modo, no último bar; isto é, os que ainda não haviam tido sorte e portanto continuavam à procura, apesar do avançado da hora.

Eu não conseguia olhar para Jacques — e ele sabia disso. Parado ao meu lado, ele sorria para o nada, cantarolando. Eu não tinha o que dizer. Não ousava mencionar Hella. Não conseguia fingir nem sequer para mim mesmo que lamentava que ela estivesse na Espanha. Eu estava feliz por ela ter viajado. Completamente, desesperadamente, terrivelmente feliz. Sabia que nada que eu pudesse fazer teria o efeito de conter a excitação feroz que havia eclodido dentro de mim como uma tempestade. Só me restava beber, com a vaga esperança de que desse modo a tempestade se consumisse sem causar mais danos ao meu território. Mas estava feliz. Só lamentava ter Jacques como testemunha. Ele me fazia sentir vergonha. Eu o odiava porque agora Jacques tinha visto tudo o que havia passado meses, por vezes quase sem esperança, esperando para ver. Na verdade, nós dois estávamos até aquele momento jogando um jogo mortal, e ele havia vencido. Havia vencido, muito embora eu tivesse roubado para vencer.

Assim mesmo, parado no bar, eu lamentava não ter encontrado forças para me virar e sair dali — ir até Montparnasse, talvez, e arranjar uma garota. Qualquer garota. Não consegui fazer isso. Fiquei me dizendo todo tipo de mentira, parado no bar, mas não conseguia me mexer. Isso em parte porque estava claro para mim que na verdade nada faria diferença agora; não faria diferença nem mesmo se eu jamais voltasse a falar com Giovanni; pois elas haviam se tornado visíveis, tão visíveis quanto as lantejoulas na camisa da princesa flamejante, elas me assolavam de todos os lados: as minhas possibilidades que despertavam, que me atiçavam.

Foi assim que conheci Giovanni. Creio que uma ligação se estabeleceu entre nós no instante em que nos vimos. E permanecemos ligados até agora, apesar da nossa posterior *séparation de corps*, apesar de que em pouco tempo Giovanni estará apodrecendo em terra não consagrada perto de Paris. Até o dia da minha morte haverá momentos assim, momentos que parecerão brotar do chão tal como as bruxas de Macbeth, em que o rosto dele surgirá diante de mim, aquele rosto com todas as mudanças por ele sofridas, momentos em que o timbre exato de sua voz e seus maneirismos de fala explodirão em meus ouvidos até quase perfurá-los, em que seu cheiro vai avassalar minhas narinas. Vez por outra, nos dias por vir — que Deus me conceda a graça de vivê-los —, no brilho áspero da manhã cinzenta, com um gosto ruim na boca, as pálpebras irritadas e vermelhas, o cabelo emaranhado e úmido após uma noite intranquila, encarando, com uma xícara de café e um cigarro, o rapaz impenetrável e insignificante da noite anterior, que em breve vai se levantar e desaparecer como fumaça, hei de ver Giovanni de novo, tal como ele estava naquela noite, tão vivo, tão encantador, com toda a luz daquele túnel escuro captada em torno de sua cabeça.

3

Às cinco da manhã saímos do bar e Guillaume trancou a porta. As ruas estavam vazias e cinzentas. Numa esquina próxima, um açougueiro já tinha aberto a sua loja, e podia ser visto, sujo de sangue, cortando carne. Um daqueles enormes ônibus verdes parisienses passou por nós, lerdo, balançando freneticamente sua seta elétrica colorida para indicar que ia virar. Um *garçon de café* jogou água no trecho de calçada à frente do estabelecimento em que trabalhava e depois ficou a empurrá-la para a sarjeta com a vassoura. No final da rua longa e curva que tínhamos diante de nós, víamos as árvores do bulevar, as pilhas altas de cadeiras de palhinha diante dos cafés e o grande campanário de pedra de Saint-Germain-des-Près — o mais magnífico campanário, eu e Hella pensávamos, de toda a Paris. Além da *place*, a rua se estendia até o rio à nossa frente e serpenteava em direção a Montparnasse atrás de nós, fora de vista. O nome da rua era uma homenagem a um aventureiro que semeou uma planta na Europa que até hoje persiste lá. Eu já tinha caminhado muitas vezes nessa rua, com Hella, em direção ao rio, e muitas vezes, sem ela, em direção às garotas de Montparnasse. Não fazia muito tempo, mas naquela madrugada era como se tivesse sido em outra existência.

Estávamos indo tomar o café da manhã em Les Halles. Entramos todos em um táxi, nós quatro, desagradavelmente apertados, uma situação que provocou em Jacques e Guillaume uma série de especulações obscenas. O que tornava essa obscenidade mais revoltante era o fato de que não apenas nada tinha de engraçado como também era sem dúvida uma manifestação de desprezo e autodesprezo, que jorrava deles como um chafariz de água negra. Era evidente que os dois estavam usando a mim e Giovanni para se atormentar, e isso me fazia trincar os dentes. Giovanni, porém, encostou-se na janela do táxi, deixando que o braço tocasse de leve em meu ombro, como se dizendo que em breve estaríamos livres daqueles dois velhos e não devíamos nos incomodar se a água suja deles respingasse em nós — seria fácil nos lavarmos depois.

"Olha", disse Giovanni quando atravessamos o rio. "Essa puta velha, Paris, quando se vira na cama, é muito comovente."

Olhei pela janela, atrás do perfil forte de Giovanni, que estava cinzento — de cansaço e por efeito da iluminação do céu. O rio estava inchado e amarelento. Nada se movia sobre ele. As barcaças estavam amarradas nas margens. A ilha da cidade alargava-se na distância, arcando com o peso da catedral; além dela dava para ver vagamente, na distância e na névoa, os telhados individuais de Paris, as inúmeras chaminés curtas, muito belas e multicoloridas sob o céu cor de pérola. A neblina se grudava ao rio, suavizando aquele exército de árvores, aquelas pedras, ocultando as horrendas ruelas tortas e os becos sem saída, grudando como uma maldição nos homens que dormiam debaixo das pontes — um deles passou rapidamente debaixo de nós, muito escuro e solitário, caminhando ao longo do rio.

"Alguns ratos se recolheram", comentou Giovanni, "e agora outros estão saindo." Abriu um sorriso triste e olhou para mim; para minha surpresa, pegou minha mão e ficou a segurá-la. "Você já dormiu debaixo de uma ponte?", perguntou. "Ou será que no seu país tem camas macias com cobertores debaixo das pontes?"

Eu não sabia o que fazer com a mão; achei melhor não fazer nada. "Ainda não", respondi, "mas isso pode vir a acontecer. O hotel onde estou quer me expulsar."

Fiz o comentário num tom jocoso, sorrindo, com a intenção de me colocar, em termos de meu convívio com o lado duro da vida, em pé de igualdade com ele. Mas o fato de ter dito isso enquanto ele segurava minha mão fez com que eu próprio me achasse inexprimivelmente indefeso, vulnerável, coquete. Só que não era possível dizer alguma coisa que contradissesse essa impressão: qualquer comentário adicional teria o efeito de confirmá-la. Retirei a mão, fingindo que o fazia para pegar um cigarro.

Jacques acendeu-o para mim.

"Onde você mora?", ele perguntou a Giovanni.

"Ah", Giovanni respondeu, "longe. Bem longe. É quase fora de Paris."

"Ele mora numa rua horrível, perto da Nation", disse Guillaume, "cercado pela burguesia horrível, com aquelas crianças que parecem porcos."

"Você não viu as crianças na idade certa", retrucou Jacques. "Elas passam por uma fase, infelizmente muito rápida, em que o porco é talvez o único animal que elas não lembram." E então, de novo dirigindo-se a Giovanni: "Num hotel?".

"Não", ele respondeu, e pela primeira vez pareceu ligeiramente constrangido. "Moro num quarto de empregada."

"Com a empregada?"

"Não", disse Giovanni, e sorriu, "a empregada eu não sei onde está. Aliás, se você um dia visse o meu quarto, ia perceber na hora que não tem empregada nenhuma."

"Eu adoraria", disse Jacques.

"Então um dia desses a gente dá uma festa pra você", disse Giovanni.

Essa resposta, educada demais e seca demais para permitir qualquer pergunta adicional, assim mesmo quase arrancou uma pergunta de meus lábios. Guillaume olhou rapidamente para Giovanni, que não retribuiu o olhar, ficando a contemplar a manhã, assoviando. Eu vinha tomando decisões havia seis horas, e naquele momento tomei mais uma: deixar aquela situação em pratos limpos com Giovanni assim que me visse a sós com ele em Les Halles. Eu ia lhe dizer que ele havia se enganado a meu respeito, mas que assim mesmo podíamos ser amigos. Mas não tinha certeza, no fundo, de que não era eu que estava me equivocando, entendendo tudo de modo errado — e impelido por necessidades vergonhosas demais para ser expressas. Vi-me num dilema, pois me parecia claro que, o que quer que fizesse, a hora da confissão estava próxima e seria muito difícil evitá-la; a menos, é claro, que eu saltasse de repente do táxi, o que seria a confissão mais terrível de todas.

Então o motorista nos perguntou aonde queríamos ir, pois havíamos chegado aos bulevares engarrafados e às transversais intransitáveis de Les Halles. Alhos-porós, cebolas, repolhos, laranjas, maçãs, batatas, couves-flores reluziam em pilhas espalhadas para todos os lados, nas calçadas, nas ruas, diante de grandes galpões de metal. Cada galpão tinha o comprimento de vários quarteirões, e dentro deles empilhavam-se mais frutas, mais legumes; em alguns, peixes; em outros, queijos; em outros ainda, animais inteiros, recém-abatidos. Parecia quase impossível que tudo aquilo um dia fosse comido. Mas em poucas horas tudo teria desaparecido, e chegariam caminhões dos quatro cantos da França — que viriam atravessando a cidade de Paris, proporcionando lucros polpudos a toda uma colmeia de intermediários

— para alimentar a multidão ruidosa. A qual, aliás, se fazia ouvir naquele momento, ao mesmo tempo doendo nos ouvidos e exercendo seu encanto, à nossa frente e atrás de nós, e dos dois lados do nosso táxi — nosso motorista, assim como Giovanni, respondia a ela com mais barulho ainda. Ao que parece, as multidões de Paris se vestem de azul todos os dias, menos aos domingos, quando, em sua maioria, usam roupas negras inacreditavelmente festivas. Pois ali estavam elas agora, de azul, impedindo a cada centímetro a nossa passagem, com seus carros de tração animal, carrinhos e carroças de mão, cestas transbordando de tão cheias carregadas nas costas em ângulos perigosos que eram afirmações de autoconfiança. Uma mulher rubicunda, carregada de frutas, gritou — para Giovanni, para o motorista, para o mundo inteiro — uma *cochonnerie* particularmente vigorosa, que foi imediatamente respondida, a plenos pulmões, pelo nosso motorista e por Giovanni, muito embora àquela altura a fruteira já houvesse desaparecido de nossa vista, e talvez já nem sequer se lembrasse de suas conjecturas de uma obscenidade tão precisa. Avançávamos a passo de cágado, pois ninguém ainda dissera ao motorista onde queríamos parar, enquanto ele e Giovanni, que aparentemente haviam, tão logo entramos em Les Halles, se transformado em irmãos, trocavam especulações, nem um pouco lisonjeiras, a respeito da higiene, da linguagem, das genitálias e dos hábitos da população parisiense. (Enquanto isso, Jacques e Guillaume trocavam avaliações, muitíssimo menos bem-humoradas, a respeito de cada cidadão do sexo masculino que passava.) As calçadas estavam escorregadias de lixo, principalmente folhas, flores, frutas e legumes podres jogados fora, produtos que haviam sofrido algum desastre natural e lento, ou então abrupto. E nas paredes e esquinas alternavam-se *pissoirs*, braseiros improvisados que ardiam em fogo lento, cafés, restaurantes e pequenos bistrôs fumacentos e amarelos — destes últimos, alguns de tão pequenos eram pouco mais do que esquinas fechadas, em forma de losango, onde cabiam garrafas e um balcão recoberto de zinco. Em todos esses lugares havia homens, jovens, velhos, de meia-idade, poderosos, poderosos até mesmo nas maneiras diferentes como haviam sido levados à ruína, ou que dela se aproximavam; e mulheres, que mais do que compensavam, com esperteza e paciência, com a capacidade de contar e pesar — e gritar —, quaisquer desvantagens que tivessem em matéria de musculatura; se bem que, na verdade, nem isso lhes faltava. Nada do que eu via ali me fazia pensar na minha terra, porém Giovanni reconhecia tudo, e com tudo se deliciava.

"Eu conheço um lugar", disse ele ao motorista, "*très bon marché*" — e explicou-lhe onde ficava. E ficamos sabendo que era um dos lugares mais frequentados pelo motorista.

"Onde é?", perguntou Jacques, incomodado. "Eu pensava que a gente estava indo para…" — e disse o nome de outro estabelecimento.

"Você está brincando", retrucou Giovanni, com desprezo. "Esse lugar é *muito* ruim e *muito* caro, só para turistas. Não somos turistas." Acrescentou, para mim: "Assim que cheguei a Paris, vim trabalhar em Les Halles — e passei um bom tempo aqui. *Nom de Dieu, quel boulot!* Espero nunca mais ter que fazer isso de novo". E contemplava as ruas pelas quais passávamos com uma tristeza que não era menos verdadeira por ser um pouco teatral e autoirônica.

Do seu canto do táxi, Guillaume pediu: "Diz pra ele quem foi que salvou você".

"Ah, sim", atendeu Giovanni, "eis o meu salvador, o meu *patron*." Ficou em silêncio por um momento. Em seguida: "Você não está arrependido, não é? Eu não fiz nenhum mal a você? Está satisfeito com o meu trabalho?".

"*Mais oui*", respondeu Guillaume.

Giovanni suspirou. *"Bien sûr."* Ficou a olhar pela janela, assobiando, de novo. Chegamos a uma esquina curiosamente vazia. O táxi parou.

"Ici", disse o motorista.

"Ici", Giovanni repetiu.

Fiz menção de pegar a carteira, mas Giovanni segurou minha mão com um gesto ríspido, transmitindo para mim, com um feroz bater de pálpebras, a informação de que o mínimo que aqueles velhos safados podiam fazer era *pagar*. Abriu a porta e saltou. Guillaume não pegou a carteira, e foi Jacques quem pagou a corrida.

"Eca", exclamou Guillaume, olhando para a porta do café à nossa frente, "garanto que esse lugar está cheio de ratos. Quer envenenar a gente?"

"Não é a fachada que você vai comer", respondeu Giovanni. "Você corre muito mais perigo de ser envenenado naqueles lugares chiques horrorosos aonde sempre vai, em que as pessoas têm a cara limpa, *mais, mon Dieu, les fesses!"* Abriu um sorriso irônico. *"Fais-moi confiance.* Por que é que eu ia querer envenenar você? Aí eu ia ficar desempregado, logo agora que acabo de descobrir que quero viver."

Ele e Guillaume, enquanto Giovanni ria, trocaram um olhar que eu não teria compreendido nem mesmo se tivesse ousado tentar; Jacques, empurrando-nos para sair de seu caminho como se fôssemos suas galinhas, disse, com o mesmo sorriso: "Não vamos ficar aqui discutindo no frio. Se não der para comer lá dentro, a gente bebe. O álcool mata tudo que é micróbio".

Guillaume se animou de repente — era mesmo um sujeito notável, que parecia levar, escondido em algum lugar do corpo, uma seringa carregada de vitaminas, a qual automaticamente, no momento de maior depressão, esvaziava em suas veias. *"Il y a les jeunes dedans"*, disse ele, e entramos.

De fato, havia jovens lá dentro, meia dúzia diante do balcão de zinco do bar, cheio de taças de vinho tinto e branco, juntamente com outros homens nem um pouco jovens. Um rapaz bexiguento e uma moça de aparência muito ameaçadora estavam entretidos com um jogo de flíper perto da janela. Havia umas poucas pessoas nas mesas que ficavam nos fundos, servidas por um garçom de aparência surpreendentemente limpa. Na meia-luz do ambiente, com as paredes sujas, o chão coberto de serragem, seu paletó branco brilhava feito neve. Atrás daquelas mesas dava para ver um pedaço da cozinha, com o cozinheiro obeso e mal-humorado. Ele se arrastava de um lado para o outro como um daqueles caminhões sobrecarregados na rua, com um chapéu alto e branco de chef e um charuto apagado entre os lábios.

Atrás do balcão via-se uma dessas senhoras absolutamente inimitáveis e indomáveis, que só são produzidas na cidade de Paris, porém em grandes números, figuras que em qualquer outra cidade seriam presenças tão absurdas e perturbadoras como uma sereia no alto de uma montanha. Em toda a Paris, vemos essas senhoras sentadas atrás dos balcões como aves em seus ninhos, chocando a caixa registradora como se fosse um ovo. De tudo que ocorre sob o círculo do céu onde elas se instalam, nada lhes escapa à vista, e, se alguma vez se surpreenderam com alguma coisa, foi num sonho — um sonho que há muito tempo já deixaram de sonhar. Não são nem mal-humoradas nem bem-humoradas, ainda que tenham lá seus dias e estilos, e sabem, ao que parece mais ou menos como as outras pessoas sabem quando devem ir ao banheiro, tudo a respeito de todos que adentram seus domínios. Umas são grisalhas e outras não; umas são gordas, outras magras; umas são avós e outras eram virgens até pouco tempo; mas todas têm exatamente o mesmo olhar, astuto, vazio, que tudo registra; é difícil acreditar que algum dia já choraram pedindo leite ou olharam para o sol: dão a impressão de que vieram ao mundo com fome de dinheiro vivo, apertando os olhos inutilmente, incapazes de focalizar a vista até o momento em que seu olhar pousou numa caixa registradora.

Esta aqui tem cabelos pretos e grisalhos, e um rosto que veio da Bretanha; como quase todas as pessoas que estão no bar, conhece Giovanni, e, lá à sua maneira, gosta dele. Tem peitos grandes e fartos, e aperta Giovanni contra eles; sua voz é forte e grave.

"*Ah, mon pote!*", ela exclama. "*Tu es revenue!* Finalmente voltou! *Salaud!* Agora que está rico e tem amigos ricos, você nunca vem visitar a gente! *Canaille!*"

E sorri para nós, os amigos "ricos", com uma simpatia deliciosamente, e deliberadamente, vaga; para ela, seria fácil reconstruir cada instante de nossa biografia desde o momento em que nascemos até esta manhã. Ela sabe exatamente quem é rico — e em que grau —, e sabe que eu não sou. Por esse motivo, talvez, houve um duplo estalido de especulação, infinitesimal, no fundo de seus olhos quando olhou para mim. Porém, já no instante seguinte, ela sabe que vai compreender tudo.

"Você sabe como é", diz Giovanni, destacando-se do grupo e jogando o cabelo para trás, "quando a gente trabalha e fica sério, aí não tem tempo de brincar."

"*Tiens*", retruca ela, debochada. "*Sans blague?*"

"Mas eu lhe garanto", ele prossegue, "mesmo quem ainda é jovem como eu fica muito cansado" — ela ri — "e vai para cama cedo" — ela ri de novo — "e sozinho", acrescenta Giovanni, como se isso provasse tudo, e a mulher estala os dentes, solidária com ele, e ri mais uma vez.

"E hoje", ela indaga, "você está chegando ou indo embora? Veio tomar o café da manhã ou a saideira? *Nom de Dieu*, você não está com uma cara *muito* séria; acho que você precisa tomar alguma coisa."

"*Bien sûr*", concorda alguém diante do balcão, "depois de dar tão duro ele precisa de uma garrafa de vinho branco — e talvez de uma ou duas dúzias de ostras."

Todo mundo ri. Todo mundo, sem que pareça, olha para nós, e começo a me sentir como se fizesse parte de um circo ambulante. Todo mundo, além disso, parece se orgulhar muito de Giovanni.

Ele se vira para a pessoa que falou junto ao balcão. "Uma excelente ideia, meu amigo, era exatamente o que eu queria." Então se vira para nós. "A senhora não conhece meus amigos", acrescenta, olhando para mim e depois para a mulher. "Este é monsieur Guillaume", diz, sutilmente tornando a voz mais neutra, "meu *patron*. Pergunte a ele se sou sério."

"Ah", ela ousa dizer, "mas eu não vou saber se *ele* é sério", e arremata essa ousadia com uma risada.

Guillaume, desviando com dificuldade o olhar dos rapazes do bar, estende-lhe a mão e sorri. "Mas a senhora tem razão. Ele é tão mais sério do que eu que tenho medo de que um dia se torne dono do meu bar."

Só no dia de são Nunca, ela está pensando, porém se declara encantada e aperta a mão de Guillaume com firmeza.

"E monsieur Jacques", diz Giovanni, "um dos nossos melhores fregueses."

"*Enchanté*, madame", exclama Jacques, com seu sorriso mais deslumbrante, e ela responde com uma paródia descarada daquele exato sorriso.

"E este aqui é o monsieur *l'américain*", continua Giovanni, "também conhecido como monsieur David. Madame Clothilde."

Ele recua um pouco. Algo brilha em seus olhos, iluminando-lhe todo o rosto, um misto de alegria e orgulho.

"*Je suis ravie, monsieur*", ela me diz, e olha para mim, aperta minha mão e sorri.

Também eu sorrio, não sei bem por quê; dentro de mim tudo está em tumulto. Giovanni descuidadamente põe o braço no meu ombro. "O que vocês têm de bom pra comer?", perguntou. "Estamos com fome."

"Mas primeiro precisamos beber alguma coisa!", exclamou Jacques.

"Mas podemos beber sentados", argumentou Giovanni, "não é?"

"Não", disse Guillaume, para quem se afastar do balcão naquele momento equivaleria a ser expulso da terra prometida, "primeiro vamos tomar um drinque aqui no bar, com a madame."

A sugestão de Guillaume teve o efeito — porém de modo sutil, como se um vento tivesse soprado sobre todos eles, ou a luminosidade tivesse aumentado imperceptivelmente — de transformar as pessoas que estavam no bar em membros de uma trupe, que agora desempenhariam diversos papéis numa peça que conheciam muito bem. Madame Clothilde hesitaria, e foi de fato o que ela fez na mesma hora, mas só por um momento; depois aceitaria, seria alguma coisa cara, no caso, champanhe. Ela tomaria um gole, conversando do modo mais perfunctório, para que pudesse sumir da conversa uma fração de segundo antes que Guillaume estabelecesse contato com um dos rapazes do bar. Quanto a esses rapazes, estavam invisivelmente ajeitando sua aparência, já tendo calculado a quantia de que ele e seu *copain* precisariam pelos próximos dias, já tendo avaliado Guillaume até a última casa decimal e calculado quanto tempo ele haveria de durar como fonte de sustento, e também por quanto tempo iam aturá-lo. A única questão ainda em aberto era se seriam *vache* ou *chic* com Guillaume, mas sabiam que provavelmente seriam *vache*. Havia também que considerar Jacques, o qual poderia revelar-se um bônus, ou apenas um prêmio de consolação. Quanto a mim, a situação era de todo diferente, já que não tinha apartamento, cama macia nem comida, sendo portanto um candidato a afeto, porém, na condição de *môme* de Giovanni, intocável por uma questão de honra. Na prática, ao menos, a única maneira que dispunham de manifestar seu afeto por Giovanni e por mim era nos livrar daqueles dois velhos. Assim, os papéis que estavam prestes a desempenhar adquiriram certa aura alegre de convicção, e ao interesse próprio acrescentava-se um toque de altruísmo.

Pedi café puro e conhaque, uma dose grande. Giovanni estava longe de mim, bebendo *marc* entre um velho, que parecia receptáculo de todas as sujeiras e doenças do mundo, e um jovem, ruivo, que acabaria ficando parecido com aquele homem um dia, se fosse possível antever, em seu olhar mortiço, algo tão concreto quanto um futuro. Agora, porém, tinha um pouco da beleza terrível de um cavalo; tinha também um toque de soldado da ss; com discrição, ele observava Guillaume; sabia que tanto ele quanto Jacques o estavam observando. Enquanto isso, Guillaume conversava fiado com madame Clothilde; os dois concordavam que os negócios iam muito mal, que tudo tinha sido aviltado pelos *nouveaux riches*, e que o país precisava de De Gaulle. Por sorte, os dois já haviam tido essa mesma conversa tantas vezes antes que, por assim dizer, ela transcorria de modo automático, não lhes exigindo a menor concentração. Em breve Jacques ofereceria uma bebida a um dos rapazes, mas por ora estava interessado em desempenhar o papel de meu tio.

"Como está se sentindo?", ele me perguntou. "Hoje é um dia muito importante para você."

"Estou me sentindo muito bem", respondi. "E você?"

"Eu me sinto", ele respondeu, "como um homem que teve uma visão."

"É mesmo?", perguntei. "Me fala sobre a sua visão."

"Não estou brincando. Estou falando sobre você. Devia ter visto como você estava essa noite. Como está agora."

Olhei para ele e não disse nada.

"Você tem... quantos anos? Vinte e seis ou vinte e sete? Tenho quase o dobro disso, e vou lhe dizer uma coisa: você é um sujeito de sorte. Porque o que está acontecendo com você está acontecendo *agora* e não quando estiver com quarenta anos, mais ou menos, porque aí não haveria mais nenhuma esperança pra você, e você seria simplesmente destruído."

"O que é que está acontecendo comigo?", perguntei. Minha intenção era parecer sardônico, mas minha voz não estava nem um pouco sardônica.

Ele não respondeu, só suspirou, olhando rapidamente em direção ao ruivo. Então virou-se para mim. "Vai escrever pra Hella?"

"Sempre escrevo pra ela", respondi. "Imagino que vou voltar a escrever, sim."

"Você não respondeu à minha pergunta."

"Ah. Eu entendi que você tinha me perguntado se eu ia escrever pra Hella."

"Bem. Vamos nos expressar melhor. Você vai contar para ela o que aconteceu nesta noite, nesta manhã?"

"Não vejo nada para contar a ela. Mas o que é que você tem a ver com isso?"

Ele me dirigiu um olhar que exprimia um tipo de desespero que até então eu não imaginava encontrar nele. Aquilo me assustou. "Não tem nada a ver *comigo*", ele respondeu. "Tem a ver com *você*. E com ela. E com aquele pobre rapaz ali, que não sabe que, quando olha pra você da maneira que olha, está simplesmente enfiando a cabeça dentro da boca do leão. Você vai fazer com ele o que fez comigo?"

"Com *você*? O que é que *você* tem a ver com essa história? O que foi que eu fiz com *você*?"

"Você foi muito injusto comigo", ele respondeu. "Muito desonesto."

Desta vez fui sardônico mesmo. "Imagino que você esteja dizendo que eu teria sido justo, teria sido honesto, se eu... se..."

"Estou dizendo que você teria sido justo comigo se me desprezasse um pouco menos."

"Me desculpe. Mas, já que você tocou no assunto, realmente acho que muita coisa na sua vida é desprezível, sim."

"Eu poderia dizer a mesma coisa sobre a sua", Jacques rebateu. "São tantas as maneiras de ser desprezível que chega a dar um nó na cabeça da gente. Mas a coisa mais desprezível que há é desdenhar do sofrimento dos outros. Você devia se dar conta de que o homem à sua frente já foi jovem, mais jovem até do que você é agora, e foi reduzido ao estado miserável em que está aos poucos, por etapas imperceptíveis."

Ficamos em silêncio por um momento, um silêncio ameaçado, ao longe, por aquele riso de Giovanni.

"Me diga uma coisa", perguntei por fim, "você realmente não tem outra coisa pra fazer além disso? Viver se ajoelhando na frente de um batalhão de rapazes por cinco minutos imundos num canto escuro?"

"Pense só", disse Jacques, "nos homens que se ajoelharam diante de você enquanto pensava em outra coisa e fazia de conta de que não havia nada acontecendo no escuro entre as suas pernas."

Eu contemplava a cor âmbar do conhaque e os círculos de água sobre o balcão de metal. Lá no fundo, preso ao metal, o contorno da minha própria imagem olhava para mim em desespero.

Ele insistiu: "Você acha que a minha vida é vergonhosa porque esses meus encontros são vergonhosos. E são mesmo. Mas devia perguntar a si mesmo por que é que eles são vergonhosos".

"E por que é que eles são... vergonhosos?", perguntei.

"Porque neles não há afeto, não há alegria. É como enfiar um plugue numa tomada sem energia. Há um toque, mas não há contato. Só toque, nem contato nem luz."

Indaguei: "Por quê?".

"Isso você tem que perguntar a si mesmo", ele respondeu, "e aí, quem sabe, um dia, a manhã de hoje não se transforme em cinzas na sua boca."

Olhei para Giovanni, que havia colocado um braço em torno da moça de aparência devastada, que talvez tivesse sido muito bela no passado, mas que nunca mais recuperaria sua beleza.

Jacques acompanhou meu olhar. "Ele já está gostando muito de você. Mas isso não deixa você feliz nem orgulhoso, como devia acontecer. Você está assustado e envergonhado. Por quê?"

"Não entendo Giovanni", respondi por fim. "Não sei o que significa a amizade dele; não sei o que ele entende por amizade."

Jacques riu. "Você não sabe o que ele entende por amizade, mas tem a impressão de que talvez seja uma coisa perigosa. Tem medo que ela mude você. Mas que tipos de amigos você já teve?"

Não respondi.

"Aliás", ele prosseguiu, "que tipos de amores já teve?"

Fiquei calado por tanto tempo que ele começou a me gozar: "Sai daí, seja lá onde você está!".

Dei um sorriso amarelo, gelando por dentro.

"Você devia amá-lo", disse Jacques, veemente, "amá-lo e se deixar amar por ele. Acha que existe outra coisa neste mundo que seja realmente importante? E quanto tempo, na melhor das hipóteses, pode durar? Considerando que vocês dois são homens e ainda têm muita estrada pela frente? Só cinco minutos, aposto, só cinco minutos, e a maior parte desse tempo, *hélas!*, na escuridão. E se você pensar nesse tempo como uma coisa suja, então vai mesmo ser uma coisa suja — porque você não vai se dar nem um pouco, vai desprezar a própria carne e a carne dele. Mas você pode fazer com que o tempo passado com ele não seja sujo de modo algum; vocês podem dar um ao outro alguma coisa que torne vocês dois pessoas melhores — pra sempre — desde que não tenham vergonha, que se recusem a se proteger." Ele fez uma pausa, olhando para mim, depois desviou a vista para a taça de conhaque em sua mão. "Se você ficar se protegendo o tempo todo", acrescentou, mudando o tom de voz, "vai acabar preso dentro do seu próprio corpo sujo, pra sempre, pra todo o sempre — como eu." E bebeu o resto do conhaque, batendo com o copo de leve no balcão para atrair a atenção de madame Clothilde.

Ela veio na mesma hora, sorridente; e naquele momento Guillaume ousou sorrir para o ruivo. Madame Clothilde serviu mais uma dose de conhaque para Jacques e dirigiu a mim um olhar interrogativo, com a garrafa suspensa sobre minha taça ainda meio cheia. Hesitei.

"*Et pourquoi pas?*", ela perguntou, com um sorriso.

Assim, bebi toda a minha taça e madame Clothilde a encheu outra vez. Então, por uma fração de segundo, ela olhou para Guillaume, que disse: "*Et le rouquin là!* O que é que o ruivo está bebendo?".

Madame Clothilde virou-se com o ar de uma atriz prestes a proferir a fala final, extremamente contida, de um papel difícil e poderoso. "*On t'offre, Pierre*", disse ela, majestosa. "O que vai tomar?" — mantendo no ar a garrafa do conhaque mais caro da casa.

"*Je prendrai un petit cognac*", Pierre murmurou após um momento, então, curiosamente, corou, o que teve o efeito de fazer com que parecesse, à luz fraca do sol nascente, um anjo recém-caído.

Madame Clothilde encheu a taça de Pierre e, num clima de tensão que se dissolvia lindamente, como se as luzes diminuíssem aos poucos, recolocou a garrafa na prateleira e retomou seu posto à caixa registradora; afastou-se, pois, das luzes da ribalta, recolhendo-se aos bastidores, onde começou a recuperar-se bebendo o resto da champanhe. Suspirou, bebericou e olhou satisfeita pela janela, contemplando a manhã que pouco a pouco se esboçava. Guillaume, depois de murmurar *"Je m'excuse un instant, madame"*, passou por trás de nós, rumo ao ruivo.

Eu sorri. "Coisas que meu pai nunca me contou."

"Alguém", disse Jacques, "o seu pai ou o meu, devia ter nos dito que é muito raro alguém morrer de amor. Mas milhões já morreram, e morrem a cada hora — e nos lugares mais estranhos! — de falta de amor." Em seguida: "Lá vem o seu garoto. *Sois sage. Sois chic"*.

Ele se afastou um pouco e começou a falar com o rapaz a seu lado.

De fato, meu garoto se aproximava, em plena luz do sol, o rosto corado e o cabelo despenteado, os olhos, inacreditavelmente, parecendo estrelas da manhã. "Eu não devia ter sumido por tanto tempo", desculpou-se. "Espero que você não tenha ficado muito entediado."

"*Você* é que não ficou entediado", retruquei. "Parece um menino de cinco anos de idade acordando na manhã de Natal."

O comentário lhe agradou muito, até mesmo o lisonjeou, como pude perceber pelo modo como apertava os lábios, bem-humorado. "Ah, garanto que não é isso que eu pareço. Eu sempre ficava decepcionado na manhã de Natal."

"Não, estou falando *bem* cedo na manhã de Natal, antes de ver o que tinha debaixo da árvore." Mas o olhar dele deu um jeito de transformar a minha frase num *double entendre*, e nós dois acabamos rindo.

"Está com fome?", ele perguntou.

"Eu estaria, talvez, se estivesse vivo e sóbrio. Não sei. E você?"

"Acho que a gente devia comer", respondeu, sem a menor convicção, e começamos a rir de novo.

"Mas então", disse eu, "o que é que vamos comer?"

"Não tenho coragem de sugerir vinho branco com ostras", respondeu Giovanni, "mas na verdade é a melhor opção, depois de uma noite como esta."

"Então vamos", comentei, "enquanto a gente ainda consegue andar até o salão de jantar." Olhei para Guillaume e o ruivo, atrás de Giovanni. Ao que parecia, eles haviam encontrado um assunto para conversar; eu não conseguia imaginar o que seria. E Jacques estava em pleno colóquio com o rapaz alto, muito jovem, bexiguento, que usava um suéter preto de gola rulê que o fazia parecer ainda mais pálido e magro do que já era. Ele estava jogando flíper na hora em que entramos; seu nome parecia ser Yves. "Eles vão comer agora?", perguntei a Giovanni.

"Talvez não agora", ele respondeu, "mas depois com certeza. Todo mundo está morrendo de fome." Entendi que o comentário se aplicava mais aos rapazes do que aos nossos amigos, e fomos para o salão de jantar, que no momento estava vazio, sem nenhum garçom à vista.

"Madame Clothilde!", Giovanni gritou. "*On mange ici, non?*"

Em resposta a esse grito, madame Clothilde também gritou alguma coisa, e veio o garçom, cujo paletó, visto de perto, parecia menos impecável do que a certa distância. O grito teve também o efeito de anunciar oficialmente nossa presença no salão de jantar para Jacques e Guillaume, e por certo incrementou bastante, do ponto de vista dos rapazes com quem estavam conversando, uma intensidade feroz de afeição.

"A gente come depressa e vai embora", disse Giovanni. "Afinal, hoje à noite eu trabalho."

"Você conheceu o Guillaume aqui?", perguntei-lhe.

Ele fez uma careta, olhando para baixo. "Não. É uma longa história." Sorriu sem graça. "Não, não foi aqui que eu conheci o Guillaume. Foi" — deu uma risada — "no cinema." Nós dois rimos. *"C'était un film du far west, avec Gary Cooper."* Este comentário também pareceu engraçadíssimo; ficamos rindo até chegar o garçom com nossa garrafa de vinho branco.

"Bom", disse Giovanni, provando o vinho, os olhos úmidos, "depois da última salva de tiros e depois da música que veio celebrar o triunfo do bem, eu estava saindo da sala de projeção e esbarrei num homem — Guillaume —, pedi desculpas e fui pro saguão. Pois ele veio atrás de mim, contando uma história complicada, que tinha deixado o cachecol na *minha* cadeira, porque, veja lá, ele estava sentado *atrás* de mim, com o casaco e o cachecol no lugar à frente dele, e quando sentei eu puxei o cachecol para baixo. Bem, eu disse a ele que não trabalhava no cinema e sugeri o que ele podia fazer com o cachecol — mas na verdade eu não estava irritado, porque ele me dava vontade de rir. Ele disse que todas as pessoas que trabalhavam no cinema eram ladrões, que tinha certeza que se alguém pusesse o olho no cachecol ia ficar com ele, e era um cachecol muito caro, presente da mãe, e... Falando sério, nem mesmo Greta Garbo seria capaz de um desempenho tão impressionante. Aí voltei pra sala de projeção e, naturalmente, não havia cachecol nenhum, e, quando eu disse isso, parecia que ele ia cair morto ali mesmo no saguão. A essa altura, como você pode imaginar, todo mundo já estava achando que nós dois estávamos juntos, e eu não sabia se dava um chute nele ou nas pessoas que olhavam pra nós; mas o Guillaume estava muito bem-vestido, é claro, e eu não, então pensei que o melhor era a gente sair do cinema. Fomos para um café e ficamos numa mesa ao ar livre, e, quando ele se recuperou da tragédia de perder o cachecol, falando do que a mãe ia dizer e não sei o que mais, me convidou para jantar com ele. Naturalmente, eu disse que não; àquela altura já estava cheio dele, mas a única maneira de impedir outra cena, ali mesmo no café, era prometer que ia jantar com ele dali a alguns dias — eu não pretendia ir", disse Giovanni, com um sorriso tímido, "mas, quando chegou o dia, eu estava sem comer fazia um bom tempo e estava com muita fome." Olhou para mim, e vi no seu rosto de novo uma coisa que vinha vendo nas últimas horas de vez em quando: por trás de sua beleza e de suas bravatas havia pavor e um desejo tremendo de agradar; uma coisa terrivelmente comovente, que me fez desejar, angustiado, me aproximar dele e confortá-lo.

Chegaram nossas ostras e começamos a comer. Giovanni estava sentado ao sol, e seus cabelos pretos colhiam o brilho amarelo do vinho e as muitas cores mortiças da ostra onde o sol a atingia.

"Bom" — com a boca virada para baixo —, "o jantar foi horroroso, é claro, pois o Guillaume também faz cenas na casa dele. Mas àquela altura eu já sabia que era dono de um bar e cidadão francês. Eu não sou, e estava desempregado e sem *carte de travail*. Assim, percebi que ele podia ser útil pra mim se eu encontrasse alguma maneira de fazer com que não pusesse as mãos em mim. Devo confessar" — nesse momento dirigiu a mim aquele olhar — "que não consegui impedir completamente que me tocasse; ele tem mais mãos do que um polvo, e não tem nenhuma dignidade, *mas*" — comendo mais uma ostra, com uma expressão séria, e pondo mais vinho em nossas taças — "o fato é que agora eu tenho *carte de travail* e um emprego. Que paga muito bem", disse com um sorriso amarelo. "Pelo visto, atraio a clientela. Por esse motivo, ele raramente me incomoda." Giovanni olhou em direção ao bar. "Na verdade, ele não é exatamente um homem", observou, com uma dor e uma perplexidade que eram ao mesmo tempo infantis e antiquíssimas. "Não sei o que é, ele é horrível. Mas minha *carte de travail* vai ser sempre minha. O emprego é outra história, mas" — batendo na madeira — "estamos nos dando bem há quase três semanas."

"Mas você acha que vai haver problemas mais adiante", eu disse.

"Ah, não há dúvida", ele retrucou, dirigindo-me um olhar rápido e assustado, como se pensando que talvez eu não tivesse entendido nem uma palavra do que dissera, "certamente vamos ter problemas de novo em breve. Não imediatamente, é claro; isso não é do estilo dele. Mas ele vai inventar um motivo para se irritar comigo."

Ficamos em silêncio por algum tempo, fumando, cercados de conchas de ostras e terminando o vinho. De repente senti um cansaço enorme. Olhei para a rua estreita, para a esquina estranha e torta onde estávamos sentados, agora avermelhada de sol e densa de gente — pessoas que eu jamais compreenderia. Senti uma pontada abrupta, intolerável, de vontade de ir para casa; não para aquele hotel, num dos becos de Paris, onde a *concierge* me impedia de entrar exibindo a conta que eu não havia pago; mas para a minha casa, do outro lado do oceano, de voltar para as coisas e as pessoas que eu conhecia e compreendia; voltar para aquelas coisas, aqueles lugares, aquelas pessoas que, inevitavelmente, por maior que fosse meu rancor, eu sempre haveria de amar mais do que quaisquer outras. Eu nunca tinha me dado conta de um sentimento assim em mim, e aquilo me assustou. Vi a mim mesmo, com nitidez, como um andarilho, um aventureiro, a zanzar pelo mundo, sem âncora. Olhei para o rosto de Giovanni, o que não me ajudou nem um pouco. Ele fazia parte daquela cidade estranha, que não era minha. Comecei a entender que, embora o que estava acontecendo comigo não fosse tão estranho quanto eu gostaria de acreditar, assim mesmo era estranho a ponto de ser inacreditável. Na verdade, não era tão estranho, não era algo tão sem precedentes, ainda que vozes nas profundezas do meu eu gritassem: Vergonha! Vergonha! Eu, me envolvendo tão de repente, de modo tão terrível, com um rapaz; o que era estranho nisso não passava de um minúsculo aspecto do terrível emaranhado de relações humanas que se dá em toda parte, o tempo todo, para sempre.

"*Viens*", disse Giovanni.

Nos levantamos e voltamos para o bar, onde Giovanni pagou nossa conta. Mais uma garrafa de champanhe tinha sido aberta, e agora Jacques e Guillaume estavam começando a ficar bêbados de verdade. A situação ficaria terrível, e eu me perguntava se aqueles pobres rapazes pacientes iam conseguir comer alguma coisa. Giovanni falou com Guillaume rapidamente, concordando em abrir o bar; Jacques estava ocupado demais com o rapaz alto e pálido para me dispensar qualquer atenção; nos despedimos e fomos embora.

"Preciso ir pra casa", disse eu a Giovanni quando estávamos na rua. "Tenho que pagar a conta do hotel."

Giovanni me olhou fixamente. "*Mais tu es fou*", disse ele, num tom suave. "Não faz sentido voltar pra casa agora, encarar uma *concierge* feia e depois ir dormir naquele quarto sozinho para acordar depois, com dor de estômago e um gosto azedo na boca, com vontade de se matar. Vem comigo; a gente levanta numa hora civilizada, toma um *apéritif* leve em algum lugar e depois come alguma coisa. Vai ser muito mais alegre", disse ele com um sorriso, "você vai ver."

"Mas eu preciso pegar minhas roupas", argumentei.

Ele segurou meu braço. "*Bien sûr*. Mas não precisa fazer isso *agora*." Hesitei. Ele parou. "Vamos. Aposto que sou bem mais bonito do que o seu papel de parede — e que a sua *concierge*. Vou sorrir quando você acordar. Eles, não."

"Ah", foi a única coisa que consegui dizer, "*tu es vache*."

"Você é que está sendo *vache*", ele retrucou, "de querer me deixar sozinho nesse lugar estranho quando sabe que estou bêbado demais pra chegar em casa sem ajuda."

Rimos juntos, os dois envolvidos numa espécie de jogo ferino de ironia. Chegamos ao Boulevard de Sébastopol. "Mas não vamos mais falar sobre o tema doloroso da sua intenção de abandonar Giovanni, numa hora tão perigosa, no meio de uma cidade hostil." Comecei a perceber que também ele estava nervoso. Ao longe, vinha descendo o bulevar um táxi, descrevendo meandros em direção a nós, e Giovanni fez sinal para ele. "Vou lhe mostrar o meu quarto", disse ele. "Está mais do que claro que você ia ter que conhecer meu quarto mesmo, mais cedo ou mais tarde." O táxi parou à nossa frente, e Giovanni, como se de repente fosse tomado pelo medo de que eu desse meia-volta e fugisse, me empurrou para dentro do carro antes de entrar. Sentou-se ao meu lado e disse ao motorista: "Nation".

A rua onde ele morava era larga, mais respeitável do que chique, e nela se amontoavam prédios residenciais de construção mais ou menos recente; a rua terminava num pequeno parque. O quarto dele ficava nos fundos, no andar térreo do último prédio da rua. Passamos pelo saguão e pelo elevador, entrando no corredor curto e escuro que levava a ele. Era um cômodo pequeno, só pude divisar os contornos de um lugar amontoado e desordenado, cheirando a álcool, o combustível do aquecedor. Depois que entramos ele trancou a porta, e então, no momento, na penumbra, ficamos simplesmente olhando um para o outro — com desânimo, com alívio, nós dois ofegantes. Eu tremia. Pensei: se não abrir a porta agora mesmo e sair daqui, estou perdido. Mas eu sabia que não podia abrir a porta, sabia que era tarde demais; e em pouco tempo era tarde demais para fazer outra coisa que não gemer. Ele apertou-me contra si, jogando-se em meus braços como se quisesse que eu o carregasse, e lentamente deitou-me junto com ele naquela cama. Tudo dentro de mim gritava *Não!*, e no entanto o somatório de mim suspirava *Sim*.

Aqui no sul da França não é comum nevar; no entanto, flocos de neve, de início muito aos poucos, agora com mais força, estão caindo há meia hora. Neva como se fosse perfeitamente possível começar uma nevasca. Este inverno está sendo bem frio, embora as pessoas da região pareçam achar que é sinal de má educação um estrangeiro fazer alguma referência a esse fato. Elas próprias, mesmo quando o rosto está ardendo naquele vento que parece vir de todas as direções ao mesmo tempo e que penetra em tudo, conservam uma alegria radiante de crianças na praia. *"Il fait beau bien?"* — virando o rosto para o céu escuro onde o famoso sol meridional não aparece há alguns dias.

Saio da janela da sala grande e caminho pela casa. Quando estou na cozinha, olhando fixamente para o espelho — resolvi fazer a barba antes que a água fique gelada —, ouço batidas à porta. Uma esperança vaga e louca salta dentro de mim por um segundo, e então me dou conta de que é apenas a caseira, que mora do outro lado da rua, vindo para certificar-se de que não roubei os talheres nem quebrei os pratos nem reduzi a mobília a lenha. E, de fato, ela sacode a porta, e ouço sua voz lá fora chamando: *"M'sieu! M'sieu! M'sieu, l'américain!"*. Eu me pergunto, irritado, por que cargas-d'água ela parece estar tão preocupada.

Porém a mulher sorri assim que eu abro a porta, um sorriso em que se confundem a coquete e a mãe. Ela é bem velha e na verdade não é francesa; veio para cá há muitos anos, "quando eu era bem pequena, senhor", de um lugar na Itália junto à fronteira. Como a maioria das mulheres daqui, parece ter tomado luto no instante exato em que seu último filho saiu da infância. Hella achava que eram todas viúvas, mas ficamos sabendo que a maioria daquelas mulheres ainda tinha marido vivo. Os maridos mais pareciam filhos. Por vezes jogavam *belote* ao sol num campo plano perto da nossa casa, e quando olhavam para Hella havia em seus olhos a expressão orgulhosa e vigilante de um pai, e a especulação vigilante de um homem. Eu às vezes jogava bilhar com eles e bebia vinho tinto na *tabac*. Mas eles me deixavam tenso — com suas brincadeiras grosseiras, seu bom humor, sua camaradagem, toda a vida escrita nas mãos, nos rostos, nos olhos. Tratavam-me como o filho que apenas recentemente se tornou homem; porém, ao mesmo tempo, mantinham um distanciamento enorme, pois na verdade eu não tinha nada a ver com nenhum deles; e eles também sentiam (ou eu imaginava que sentiam) que havia alguma coisa em mim, alguma coisa que não valia mais a pena tentar entender a fundo. Era o que eu parecia ver em seus olhos quando caminhava com Hella e eles passavam por nós na rua, dizendo, de modo muito respeitoso, *Salut, monsieur-dame*. Podiam muito bem ser os filhos daquelas mulheres enlutadas, que tinham voltado para casa depois de toda uma existência se debatendo com o mundo e conquistando-o, e agora em casa descansavam, eram repreendidos pelas mulheres e esperavam a morte, tendo voltado para aqueles seios, agora secos, que os haviam nutrido no início da vida.

Flocos de neve pousaram no xale que lhe cobre a cabeça e permanecem nos cílios e nos fios de cabelo pretos e brancos que ficaram de fora. Ela ainda é muito forte, se bem que agora está um pouco recurva, um pouco ofegante.

"*Bonsoir, monsieur. Vous n'êtes pas malade?*"

"Não", respondo, "não estou doente, não. Entre."

Ela o faz e fecha a porta, deixando que o xale caia da cabeça. Ainda tenho na mão o copo de bebida, um detalhe que a mulher percebe, em silêncio.

"*Eh bien*", diz ela. "*Tant mieux*. É que faz uns dias que não o vemos. O senhor estava aqui na casa?"

Os olhos dela perscrutam meu rosto.

Estou constrangido e ressentido; é impossível, porém, rechaçar algo ao mesmo tempo astuto e delicado em seus olhos e em sua voz. "Estava, sim", respondo, "o tempo anda fechado."

"É, não estamos no meio de agosto", ela observa, "mas o senhor não parece estar doente. Não faz bem ficar em casa sozinho."

"Vou embora amanhã de manhã", digo, em desespero. "Quer conferir tudo?"

"Quero, sim", ela responde, e tira de um dos bolsos a lista de pertences que havia na casa, a qual assinei ao chegar. "Não vai demorar. Vamos começar pelos fundos."

Saímos em direção à cozinha. No caminho, coloco meu copo na mesa de cabeceira de meu quarto.

"Não ligo se o senhor beber", diz ela, sem se virar para trás. Mas deixo o copo lá assim mesmo.

Entramos na cozinha. Está surpreendentemente limpa e arrumada. "Onde o senhor tem comido?", ela pergunta, num tom seco. "Me disseram na *tabac* que o senhor não aparece lá há dias. Tem ido à cidade?"

"É", eu respondo, sem muita convicção, "às vezes."

"A pé?", ela indaga. "Porque o motorista do ônibus tampouco tem visto o senhor." Enquanto fala, ela não olha para mim, e sim para a cozinha à sua volta, marcando a lista que tem na mão com um pequeno lápis amarelo.

Não tenho resposta para esta última pergunta sarcástica, pois esqueci que numa aldeia pequena praticamente qualquer passo que se dê é vigiado pelo olho e pelo ouvido coletivos do lugar.

Ela olha rapidamente para o banheiro. "Vou limpar hoje à noite", observo.

"Espero que sim", ela rebate. "Estava tudo limpinho quando o senhor veio pra cá." Voltamos atravessando a cozinha. Ela não percebeu que faltam dois copos, quebrados por mim, e não tenho energia suficiente para lhe dizer isso. Vou deixar algum dinheiro no armário. Ela acende a luz do quarto de hóspede. Minhas roupas sujas estão espalhadas pelo recinto.

"Isso tudo vai comigo", comento, tentando sorrir.

"Era só atravessar a rua", diz ela. "Eu teria o maior prazer em lhe dar alguma coisa para comer. Uma sopinha, alguma coisa nutritiva. Cozinho todo dia para meu marido; um a mais não faz diferença nenhuma, não é?"

Esse comentário me sensibiliza, mas não sei como expressar o fato, e é claro que não posso dizer que comer com ela e o marido levaria meus nervos ao ponto de tensão máxima.

Ela está examinando uma almofada. "Vai se encontrar com sua noiva?", pergunta.

Sei que devia mentir, mas por algum motivo não consigo. Os olhos dela me metem medo. Agora lamento não ter o copo na mão. "Não", respondo sem rodeios, "ela foi pra América."

"*Tiens!*", exclama a mulher. "E o senhor — o senhor fica na França?" Ela olha diretamente para mim.

"Por algum tempo", respondo. Estou começando a suar. Dou-me conta de que essa mulher, uma camponesa italiana, sob vários aspectos deve ser parecida com a mãe de Giovanni. Tento não ouvir seus gritos de agonia, não ver em seus olhos o que certamente haveria neles se ela soubesse que seu filho estará morto quando o dia nascer, se ela soubesse o que fiz com ele.

Mas é claro que ela não é a mãe de Giovanni.

"Não é bom", diz ela, "não é certo um moço como o senhor ficar sozinho numa casa grande como esta, sem mulher." Por um momento, parece estar muito triste; faz menção de dizer outra coisa, mas muda de ideia. Sei que quer fazer um comentário sobre Hella, com quem nem ela nem nenhuma das outras mulheres daqui simpatizava. Porém ela apaga a luz do quarto de hóspedes e entramos no maior, o quarto de casal, que era usado por mim e por Hella, não aquele onde deixei o copo. Também esse cômodo está muito limpo e arrumado. Ela olha à sua volta, depois vira-se para mim e sorri.

"O senhor não tem usado este quarto nos últimos tempos."
Percebo que estou ficando vermelho. Ela ri.

"Mas o senhor vai voltar a ser feliz", ela prossegue. "O senhor precisa encontrar outra mulher, uma mulher boa, e se casar, e ter filhos. É, é *isso* que o senhor tem que fazer", acrescenta, como se eu tivesse discordado dela. E sem me dar tempo de dizer qualquer coisa: "Onde está a sua *maman*?".

"Morreu."

"Ah!" A mulher bate os dentes, em solidariedade. "Muito triste. E o seu papai — também morreu?"

"Não. Ele está na América."

"*Pauvre bambino!*" Ela olha para meu rosto. Realmente, diante dessa mulher me sinto impotente, e se ela não for embora logo serei reduzido às lágrimas ou aos palavrões. "Mas não está pensando em ficar perambulando pelo mundo como um marinheiro? Tenho certeza que a sua mãe não ia gostar nem um pouco disso. Não vai formar família um dia?"

"Claro, com certeza. Um dia."

Ela põe a mão forte no meu braço. "Mesmo a sua *maman* tendo morrido — isso é muito triste! —, o seu papai vai gostar muito de ver você gerar *bambinos*." Ela faz uma pausa; seus olhos pretos se suavizam; estão focados em mim, mas seu olhar está em outro lugar. "Nós tivemos três filhos. Dois morreram na guerra. Na guerra também perdemos todo o nosso dinheiro. É triste, não é? Trabalhar tanto a vida toda pra ter um pouco de tranquilidade na velhice e aí perder tudo? Meu marido quase morreu; ele nunca mais voltou a ser o mesmo." Então vejo que os olhos dela não são apenas astutos; são também ressentidos e tristíssimos. A mulher dá de ombros. "Ah! Fazer o quê? Melhor não pensar nisso." Ela sorri. "Mas o nosso último filho, esse mora no norte; veio nos visitar dois anos atrás e trouxe o menininho dele. Bem pequeno, só tinha quatro anos na época. Tão bonito!

Mario é o nome dele." Esboça um gesto. "É o nome do meu marido. Eles ficaram conosco dez dias e a gente se sentiu jovem outra vez." Ela sorri de novo. "Especialmente o meu marido." Fica parada por um instante com o sorriso estampado no rosto. Então pergunta, abruptamente: "O senhor reza?".

Não sei se consigo aguentar isso por mais um momento. "Não", gaguejo. "Não. Raramente."

"Mas o senhor acredita em Deus?"

Sorrio. Não é nem mesmo um sorriso condescendente, ainda que talvez fosse essa minha intenção. "Acredito."

Não consigo imaginar que espécie de sorriso dei. Mas não a tranquilizou. Ela diz, muito séria: "O senhor precisa rezar. Eu lhe garanto que sim. Mesmo se for só uma reza curta, só de vez em quando. Acenda uma vela. Se não fosse pelas preces dos santos abençoados, ninguém conseguia viver neste mundo. Falo com o senhor", e acrescentou, empertigando-se um pouco, "como se fosse sua *maman*. Não fique ofendido".

"Mas não, de jeito nenhum. A senhora é muito boa. É muita bondade sua falar comigo assim."

Ela abre um sorriso satisfeito. "Os homens — e não só bebês como o senhor, mas os velhos também —, os homens sempre precisam de uma mulher pra dizer a verdade a eles. *Les hommes, ils sont impossibles*." Ela sorri, obrigando-me a sorrir da malícia desse chiste universal, e apaga a luz do quarto de casal. Voltamos ao corredor, graças a Deus, e ao meu copo. Esse outro quarto, é claro, está muito bagunçado, a luz acesa, meu roupão, meus livros, meias sujas e dois copos sujos, e uma xícara pela metade de café frio — tudo isso está espalhado pelo ambiente; os lençóis na cama estão totalmente retorcidos.

"Eu arrumo isso tudo antes de sair", prometo.

"*Bien sûr*." Ela suspira. "O senhor devia mesmo seguir meu conselho, monsieur, e se casar." Diante dessas palavras, de repente, nós dois rimos. E eu termino minha bebida.

A verificação está quase terminada. Entramos no último recinto, a grande sala onde está a garrafa, perto da janela. Ela olha para a garrafa e depois para mim. "Mas quando o dia nascer o senhor vai estar bêbado."

"Não, não! Vou levar a garrafa comigo."

Ela visivelmente percebe que isso não é verdade. Porém dá de ombros outra vez. Então, ao cobrir a cabeça com o xale, assume uma postura muito formal, até mesmo um pouco tímida. Agora que sei que está prestes a ir embora, fico tentando encontrar algo que a faça ficar. Depois que ela atravessar a rua, a noite ficará mais negra e mais longa do que nunca. Tenho alguma coisa a dizer a ela — a ela? —, mas é claro que nunca será dita. Sinto que quero ser perdoado; quero que *ela* me perdoe. Mas não sei como confessar meu crime. Meu crime, de um modo estranho, consiste no fato de ser homem, e isso ela já sabe muito bem. É terrível, o jeito como ela me faz me sentir nu, como um adolescente nu diante da própria mãe.

Ela me estende a mão. Eu a tomo, desajeitado.

"*Bon voyage, monsieur.* Espero que tenha sido feliz aqui, e quem sabe um dia volte para nos visitar?" Está sorrindo, com um olhar bondoso, mas agora o sorriso é puramente social, uma maneira educada de encerrar uma relação comercial.

"Obrigado", digo. "Quem sabe eu volto no ano que vem?" Ela solta a minha mão e andamos até a porta.

"Ah!", ela exclama diante da porta. "Por favor, não me acorde amanhã de manhã. Ponha as chaves na minha caixa de correio. Não tenho mais nenhum motivo pra acordar tão cedo."

"Claro." Sorrio e abro a porta. "Boa noite, madame."

"*Bonsoir, monsieur. Adieu!*" Ela sai na escuridão. Mas há uma luz saindo da minha casa, e outra saindo da casa dela, do outro lado da rua. As luzes da cidadezinha brilham lá embaixo, e, por alguns instantes, ouço o mar outra vez.

Ela se afasta um pouco, então se vira. "*Souvenez-vous*. É importante rezar um pouco de vez em quando."

Fecho a porta.

A mulher me lembrou de que tenho muita coisa a fazer antes que o dia nasça. Resolvo limpar o banheiro antes de me permitir mais uma dose. E começo a fazer isso, primeiro esfregando a banheira, depois enchendo de água o balde para limpar o chão. O banheiro é bem pequeno e quadrado, com uma janela de vidro fosco. Ele me faz pensar naquele quarto claustrofóbico em Paris. Giovanni tinha grandes planos de reformá-lo, e numa época chegou mesmo a fazer isso, quando então convivemos com gesso caindo sobre todas as coisas e pilhas de tijolos no chão. Tirávamos pacotes de tijolos da casa à noite e os deixávamos na rua.

Creio que vão pegá-lo na cela de manhã cedo, talvez pouco antes de o dia nascer, e assim a última coisa que Giovanni há de ver será o céu cinzento e escuro de Paris, sob o qual voltamos para casa juntos, trôpegos, em tantas madrugadas bêbadas e desesperadas.

SEGUNDA PARTE

1

Lembro que a vida, naquele quarto, parecia transcorrer no fundo do mar. O tempo fluía acima de nós, indiferente; horas e dias nada significavam. No início, nossa vida em comum continha um êxtase, um deslumbramento que renascia a cada dia. Por trás do êxtase, é claro, havia angústia, e por trás do deslumbramento, medo; mas esses sentimentos só começaram a se impor quando nossa empolgação inicial já amargava em nossa boca. Então a angústia e o medo passaram a ser a superfície na qual escorregávamos e deslizávamos, perdendo o equilíbrio, a dignidade e o orgulho. O rosto de Giovanni, que eu havia memorizado em tantas manhãs, tardes e noites, foi endurecendo diante de meus olhos, começou a ceder em lugares secretos, a rachar. A luz em seus olhos reduziu-se a um brilho tênue; na testa larga e bela começou a vislumbrar-se o crânio que havia por trás. Os lábios sensuais voltaram-se para dentro, retorcidos pelo sofrimento que transbordava do coração. Aquele rosto transformou-se no rosto de um desconhecido — ou então era tamanha a culpa que me dominava ao olhar para ele que eu preferia pensar que estava diante do rosto de um desconhecido. Por mais que o tivesse memorizado, eu não estava preparado para a metamorfose que o próprio esforço de memória havia ajudado a produzir.

Nosso dia começava antes do amanhecer, quando eu ia até o bar de Guillaume para tomar um drinque antes que ele fechasse. Às vezes, quando Guillaume já cerrara as portas para o público, eu, Giovanni e uns amigos ficávamos mais um pouco para tomar o café da manhã e ouvir música. Às vezes Jacques estava lá — desde que conhecemos Giovanni ele parecia estar saindo cada vez mais. Quando tomávamos o café com Guillaume, costumávamos sair do bar por volta das sete da manhã. Às vezes, quando Jacques estava presente, ele se oferecia para nos levar em casa no carro que havia comprado, de repente e sem explicação, mas quase sempre voltávamos a pé, fazendo uma longa caminhada ao longo do rio.

A primavera estava chegando a Paris. Agora, andando de um lado para o outro dentro desta casa, volto a ver o rio, os *quais* calçados com paralelepípedos, as pontes. Barcas chatas passavam sob as pontes, e delas às vezes viam-se mulheres estendendo roupas no varal. Vez por outra víamos um jovem numa canoa, remando energicamente, com ar um tanto impotente, e também um tanto ridículo. De vez em quando viam-se iates atracados ao longo da margem, e casas flutuantes, e barcaças; passávamos com tanta regularidade pelo Corpo de Bombeiros a caminho de casa que eles passaram a nos conhecer. Quando o inverno voltou e Giovanni se escondeu numa dessas barcaças, foi um bombeiro que o viu voltar secretamente para o esconderijo com um pão, uma noite, e o delatou à polícia.

As árvores estavam verdejantes naquelas manhãs, o rio baixava, a fumaça escura do inverno se dissipava e apareceram os pescadores. Giovanni tinha razão a respeito deles: ao que parecia, nunca conseguiam pegar nada, mas ao menos tinham algo com que se ocupar. Ao longo dos *quais*, as bancas dos *bouquinistes* se tornavam quase festivas, aguardando que o tempo melhorasse e os passantes se dispusessem a folhear à toa os livros velhos, e os turistas fossem tomados pelo desejo irresistível de levar gravuras coloridas para os Estados Unidos ou para a Dinamarca, e acabassem gastando mais do que deviam, sem saber o que fazer com tantas delas. Também surgiam moças de bicicleta, com rapazes igualmente equipados; e por vezes os víamos à beira-rio, quando já começava a escurecer, tendo guardado as bicicletas para voltar a usá-las no dia seguinte. Isso foi quando Giovanni já havia perdido o emprego, e passávamos a noite a caminhar. Aquelas noites eram amargas. Giovanni sabia que eu ia deixá-lo, mas não ousava fazer acusações por medo de ouvir uma confirmação de seus temores. Eu não ousava me abrir com ele. Hella estava voltando da Espanha e meu pai havia concordado em me mandar dinheiro, o qual eu não usaria para ajudar Giovanni, que tanto havia me ajudado. Ia usá-lo para fugir de seu quarto.

A cada manhã o céu e o sol pareciam estar um pouco mais altos, e o rio se estendia à nossa frente com uma névoa de promessa mais intensa. A cada dia os *bouquinistes* despiam mais uma peça de roupa, de modo que a forma de seus corpos parecia estar sofrendo uma metamorfose notável e contínua. Ficávamos a nos perguntar qual seria a forma final. Pelas janelas abertas nos *quais* e nas ruas transversais, via-se que os *hôteliers* tinham chamado homens para pintar os cômodos; nas leiterias as mulheres haviam tirado os suéteres azuis e enrolado as mangas dos vestidos, exibindo os braços poderosos; o pão parecia mais quente e mais fresco nas padarias. As criancinhas que iam e vinham das escolas já não usavam agasalhos, e seus joelhos não ficavam mais vermelhos de frio. As pessoas pareciam falar mais — naquele idioma curiosamente medido e veemente, que às vezes me faz pensar em claras em neve, e às vezes me lembra instrumentos de cordas, mas sempre evoca o lado obscuro e as sequelas da paixão.

Não íamos, porém, com muita frequência tomar o café da manhã no bar de Guillaume, porque Guillaume não gostava de mim. Normalmente eu ficava esperando, do modo mais discreto possível, até que Giovanni terminasse a limpeza do bar e se trocasse. Então nos despedíamos e íamos embora. Os habitués tinham agora uma atitude curiosa em relação a nós, um misto de maternalismo desagradável, inveja e antipatia disfarçada. Por algum motivo, não conseguiam falar conosco tal como falavam entre si, e irritavam-se porque lhes impúnhamos o esforço de falar de um modo diferente. E enfureciam-se por sentir que o ponto central de sua vida, naquele caso, não era da conta deles. Isso os fazia voltar a ter consciência de sua própria pobreza, através dos narcóticos da conversa fiada, dos sonhos de conquista e do desprezo mútuo.

Onde quer que tomássemos o café da manhã e aonde quer que fôssemos em nossa caminhada, quando chegávamos em casa estávamos sempre cansados demais para ir dormir de imediato. Fazíamos café, às vezes acompanhado de conhaque; sentados na cama, conversávamos e fumávamos. Parecíamos ter muita coisa a dizer — ou melhor, Giovanni tinha. Mesmo quando estava sendo mais sincero, mesmo quando me esforçava ao máximo para me dar a ele tanto quanto se dava a mim, eu sempre ocultava alguma coisa. Assim, por exemplo, só lhe contei tudo a respeito de Hella quando já estava morando no quarto havia um mês. Só o fiz porque suas cartas começavam a dar a entender que ela voltaria a Paris em breve.

"O que ela está fazendo, viajando pela Espanha sozinha?", Giovanni quis saber.

"Ela gosta de viajar", respondi.

"Ah, ninguém gosta de viajar, principalmente as mulheres.

Deve haver outro motivo." Giovanni arqueou as sobrancelhas, insinuante. "Quem sabe ela não tem um namorado espanhol e está com medo de contar a você...? Talvez esteja com um *torero*."

Talvez esteja mesmo, pensei. "Mas ela não teria medo de me contar."

Giovanni riu. "Realmente, não entendo os americanos."

"Não vejo o que há pra não entender. Não somos casados."

"Mas ela é sua garota, não é?"

"É."

"E continua sendo sua garota?"

Olhei para ele fixamente. "Claro."

"Pois bem", disse Giovanni, "então não entendo o que ela está fazendo na Espanha enquanto você está em Paris." Outra ideia lhe ocorreu. "Quantos anos ela tem?"

"Um ou dois a menos que eu." Observei-o. "O que é que isso tem a ver?"

"Ela é casada? Quer dizer, com outra pessoa, é claro."

Eu ri. Giovanni também riu. "Claro que não."

"Bom, eu imaginei que podia ser uma mulher mais velha", disse ele, "com um marido em algum lugar, e que precisava ficar com ele de vez em quando pra vocês poderem manter o relacionamento. Seria uma boa solução. Essas mulheres às vezes são *muito* interessantes, e normalmente têm um dinheirinho. Se *essa* mulher estivesse na Espanha, ela ia trazer um presente maravilhoso pra você. Mas uma moça saracoteando num país estrangeiro desacompanhada — não gosto disso nem um pouco. Você devia arranjar outra garota."

Aquilo me pareceu engraçadíssimo. Eu não conseguia parar de rir. "E *você*, tem uma garota?", perguntei.

"No momento, não, mas posso voltar a ter um dia." Fez uma expressão entre um esgar e um sorriso. "Acho que não estou muito interessado em mulheres no momento — não sei por quê.

Antes eu estava. Pode ser que volte a me interessar." Deu de ombros. "Talvez porque as mulheres no momento criariam mais um problema, e eu já tenho muitos. *Et puis...*" Calou-se.

Tive vontade de lhe dizer que ele havia encontrado uma maneira muito estranha de resolver seus problemas; porém me limitei a comentar, instantes depois, cuidadoso: "Pelo visto, você não tem uma opinião muito lisonjeira das mulheres".

"Ah, as mulheres! Não é necessário, graças a Deus, ter opinião sobre elas. As mulheres são como a água. São tentadoras, e podem ser traiçoeiras, e podem parecer não ter fundo, não é? E podem ser muito rasas. E muito sujas." Calou-se. "É verdade, acho que não gosto muito de mulher, não. Mesmo assim, já fiz amor com muitas, e amei uma ou duas. Mas na maioria das vezes — na maioria das vezes, eu só fazia amor com o corpo."

"Isso faz a gente se sentir muito só", repliquei. Eu não esperava que fosse dizer aquilo.

Ele não esperava ouvi-lo. Olhou para mim, estendeu o braço, tocou-me no rosto. Depois: "Não estou querendo ser *méchant* quando falo sobre as mulheres. Eu as respeito — por conta da vida interior delas, que não é como a dos homens".

"É uma ideia de que elas não gostam", comentei.

"Ah", exclamou Giovanni, "essas mulheres ridículas que andam por aí hoje, cheias de ideias bobas, achando-se iguais aos homens — *quelle rigolade!* —, elas precisam é apanhar até quase morrer pra entender quem é que manda no mundo."

Eu ri. "As mulheres que você conheceu gostavam de apanhar?"

Ele sorriu. "Se gostavam, não sei. Agora, nunca nenhuma foi embora por ter levado uma boa surra." Nós dois rimos. "Mas elas não eram como essa sua namorada boba, que vive andando pela Espanha e mandando cartões-postais pra Paris. O que é que ela tem na cabeça? Ela quer você ou não quer?"

"Ela foi à Espanha", respondi, "pra descobrir se quer ou não."

Giovanni arregalou os olhos. Estava indignado. "À Espanha? Por que não à China? O que é que ela está fazendo — testando um monte de espanhóis e comparando com você?"

Irritei-me um pouco. "Você não entende. Ela é uma garota muito inteligente, muito complicada; quis ir pra longe pra pensar."

"Pensar o quê? Ela é muito boba, na minha opinião. Não consegue decidir em que cama quer dormir. Quer ter você e ter liberdade ao mesmo tempo."

"Se ela estivesse em Paris agora", disse eu, abruptamente, "eu não estaria neste quarto com você."

"É, você não ia poder morar aqui", ele concordou, "mas a gente ia poder se encontrar, sim, por que não?"

"Por que *não*? E se ela descobrisse?"

"Descobrisse? Descobrisse o *quê*?"

"Ah, para com isso", repliquei. "Você sabe o quê."

Giovanni me dirigiu um olhar muito sério. "Essa sua garota está me parecendo cada vez mais insuportável. O que é que ela faz, vai atrás de você pra todo lado? Será que vai contratar um detetive pra dormir embaixo da nossa cama? E o que é que ela tem a ver com isso, afinal?"

"Você não pode estar falando sério."

"Posso, sim", ele retrucou, "e estou. Você é que não dá pra entender." Gemeu, pôs mais café na xícara e pegou o conhaque, que estava no chão. "*Chez toi* tudo é muito febril e complicado, como num desses romances policiais ingleses. Se ela descobrisse, se ela descobrisse, você fala como se nós dois fôssemos cúmplices de um crime." Serviu o conhaque.

"É que ela vai ficar terrivelmente magoada se descobrir, só isso. As pessoas usam palavras sujas pra se referir a... a esta situação." Calei-me. O rosto de Giovanni dizia que ele considerava meu raciocínio pouco convincente. Acrescentei, na defensiva: "Além disso, é mesmo um crime — no meu país, e, afinal de contas, eu não fui criado aqui, e sim lá".

"Se você tem medo de palavra suja", disse Giovanni, "não sei como consegue estar vivo até hoje. As pessoas estão sempre cheias de palavras sujas. Só não as usam, a maioria das pessoas, quando estão falando sobre uma coisa realmente suja." Fez uma pausa, e nos entreolhamos, atentos. Apesar de estar dizendo o que estava dizendo, ele próprio parecia um tanto assustado. "Se no seu país as pessoas acham que privacidade é crime, pior pro seu país. E quanto a essa sua garota — você fica sempre ao lado dela quando ela está aqui? Quer dizer, o dia todo, todos os dias? Você sai às vezes pra beber sozinho, não sai? Às vezes até vai dar uma caminhada sem ela — pra pensar, como você diz. Pelo visto, os americanos pensam muito. E então, enquanto está pensando e bebendo, você olha pra outra garota que passa, não olha? Quem sabe até olha pro céu e sente o sangue correndo dentro de você? Ou será que para tudo quando a Hella chega? Nada de beber sozinho, de olhar pra outras garotas, pro céu? Hein? Me responde."

"Eu já disse, não somos casados. Mas hoje não estou conseguindo fazer você entender nada."

"Seja lá como for — quando a Hella está aqui você às vezes sai com outras pessoas? Sem ela?"

"Claro que saio."

"E ela obriga você a contar tudo o que você fez quando não estava com ela?"

Suspirei. Eu havia perdido o controle da conversa em algum momento, e queria simplesmente que ela se encerrasse. Bebi meu conhaque depressa demais, e minha garganta ardeu. "Claro que não."

"Pois bem. Você é um rapaz muito encantador, bonito e civilizado, e — a menos que seja impotente — não vejo motivo pra ela se queixar, nem pra você se preocupar. Organizar, *mon cher, la vie pratique*, é muito simples — é só fazer." Pensou um pouco. "É, às vezes as coisas dão errado, concordo; aí você organiza de outro jeito. Mas certamente não é o melodrama inglês que você está fazendo. Ora, se fosse assim, a vida seria simplesmente insuportável." Serviu mais conhaque e sorriu para mim, como se tivesse resolvido todos os meus problemas. E havia algo de tão natural naquele sorriso que fui obrigado a sorrir também. Giovanni gostava de acreditar que tinha o coração duro, e que eu não tinha, e que estava me ensinando as realidades pétreas da vida. Para ele, pensar assim era muito importante: isso porque Giovanni sabia, por mais que resistisse, no mais fundo do seu coração, que eu, desesperadamente, no mais fundo do meu, estava resistindo a ele com todas as minhas forças.

Depois de algum tempo nos calamos e adormecemos. Acordamos por volta das três ou quatro da tarde, quando o sol mortiço se infiltrava nos cantos mais recônditos do quarto abarrotado. Nos levantamos, nos lavamos, fizemos a barba, um esbarrando no outro, rindo, furiosos por sentir um desejo inconfessável de fugir daquele quarto. Lançamo-nos nas ruas de Paris, comemos rapidamente em algum lugar e deixei Giovanni à porta do bar de Guillaume.

Então, sozinho, e aliviado por estar sozinho, fui talvez ao cinema, ou caminhei, ou voltei para casa para ler, ou me sentei num parque para ler, ou fui a um café ao ar livre, ou conversei com pessoas, ou escrevi cartas. Escrevi para Hella, sem lhe contar nada, ou escrevi para meu pai pedindo dinheiro. E fosse o que fosse o que eu estava fazendo, outro eu pesava sobre mim, absolutamente paralisado de terror diante da questão do que fazer com a minha vida.

Giovanni havia despertado em mim uma comichão, um remoer interior. Me dei conta desse fato uma tarde, quando o acompanhava até o trabalho pelo bulevar Montparnasse. Havíamos comprado um quilo de cerejas, e comíamos enquanto caminhávamos. Estávamos os dois insuportavelmente infantis e animados naquele dia, e o espetáculo que proporcionávamos, dois homens adultos esbarrando um no outro na calçada larga, um tentando acertar a cara do outro com caroços de cereja, como se fossem bolas de papel, devia ser revoltante. E eu me dava conta de que aquela criancice era absurda na minha idade, e de que a felicidade que lhe dava origem o era ainda mais; pois naquele momento eu realmente amava Giovanni, que nunca me parecera mais belo do que naquela tarde. E, olhando para seu rosto, percebi que era muito importante para mim ter o poder de fazê-lo ficar tão luminoso. Percebi que eu seria talvez capaz de abrir mão de muita coisa para não perder aquele poder. E senti-me fluir em direção a ele, como flui um rio depois que o gelo se derrete. No entanto, naquele exato momento, passou entre nós, na calçada, outro rapaz, um desconhecido, e de imediato lhe atribuí a beleza de Giovanni, e o que eu sentia por Giovanni senti também por ele. Giovanni percebeu o que acontecera, olhou para meu rosto e passou a rir mais ainda. Corei, e ele continuou rindo, e então o bulevar, a luz, o som de seu riso se transformaram numa cena de pesadelo. Eu olhava para as árvores, via a luz caindo por entre as folhas. Sentia dor, vergonha, pânico, uma tremenda amargura. Ao mesmo tempo — aquilo fazia parte de meu tumulto interior e também estava fora dele — sentia que os músculos de meu pescoço estavam tensos com o esforço de não me virar para trás e ver o rapaz se afastando na avenida iluminada. A fera que Giovanni havia despertado em mim nunca mais voltaria a adormecer; porém um dia eu não estaria mais com Giovanni. Nesse caso, ia me tornar igual a todos os outros, viveria seguindo rapazes de todos os tipos em só Deus sabia que avenidas escuras, entrando nos lugares mais escuros?

Com esse presságio terrível, brotou em mim um ódio por Giovanni tão poderoso quanto meu amor, um ódio que se nutria através das mesmas raízes que o amor.

2

Quase não consigo descrever aquele quarto. Ele passou a ser, de certo modo, todos os quartos em que eu já havia estado, e todos os quartos em que eu vier a estar daqui em diante vão me lembrar do quarto de Giovanni. Na verdade, não fiquei muito tempo nele — nos conhecemos antes de começar a primavera, e saí de lá durante o verão —, mas assim mesmo tenho a sensação de que passei toda uma existência naquele quarto. Ali a vida parecia transcorrer debaixo d'água, como já disse, e é certo que ali sofri uma transformação oceânica.

Para começo de conversa, o quarto era muito pequeno para duas pessoas. Ele dava para um pequeno pátio. "Dava para um pátio" quer dizer apenas que tinha duas janelas, contra as quais o pátio se pressionava, malévolo, cada dia mais próximo, como se tivesse se confundido com uma selva. Nós mantínhamos — ou melhor, Giovanni mantinha — a janela fechada a maior parte do tempo. Ele não havia comprado cortinas; tampouco o fizemos durante o tempo em que estive lá. Para conservar a privacidade, Giovanni havia obscurecido as vidraças com um lustra-

-móveis branco espesso. Às vezes ouvíamos crianças brincando perto de nossa janela, às vezes vultos estranhos se aproximavam dela. Nesses momentos, Giovanni, trabalhando no quarto, ou deitado na cama, enrijecia como um cão de caça e mantinha-se em silêncio absoluto, até que se afastasse fosse o que fosse que ameaçava nossa segurança.

Ele sempre tivera grandes projetos de reformar aquele quarto, e havia começado a obra antes de eu chegar. Uma das paredes era de um branco sujo, riscado nos lugares onde arrancara o papel de parede. A parede em frente a ela estava fadada a jamais ser trabalhada, e nela uma mulher de saia-balão e um homem de culotes perpetuamente caminhavam juntos, cercados de rosas. O papel de parede ficava jogado no chão, em grandes folhas e rolos, no meio da poeira. Também no chão ficavam nossas roupas sujas, juntamente com as ferramentas de Giovanni, seus pincéis e vidros de óleo e aguarrás. Nossas malas ficavam equilibradas no alto de algum móvel, por isso temíamos abri-las, passando as vezes dias inteiros sem algumas coisas necessárias ao cotidiano, como meias limpas.

Ninguém jamais nos visitava, com exceção de Jacques, e ele não vinha com frequência. Estávamos longe do centro da cidade e não tínhamos telefone.

Lembro-me da primeira tarde em que acordei lá, com Giovanni dormindo profundamente a meu lado, pesado como uma pedra que despencou. O sol penetrava o quarto tão fracamente que fiquei preocupado com a hora. Acendi um cigarro sem fazer barulho, para não acordar Giovanni. Eu ainda não sabia como ia encará-lo. Olhei à minha volta. Giovanni havia comentado no táxi que o quarto estava muito sujo. "Imagino", eu respondera sem pensar, e virara-me para o outro lado, olhando para a janela. Então nós dois tínhamos nos calado. Quando acordei no quarto dele, lembrei que tinha havido algo de tenso e doloroso naquele silêncio, interrompido quando Giovanni dissera, com um sorriso tímido e amargo: "Preciso encontrar uma figura poética".

E correra os dedos pesados pelo ar, como se uma metáfora fosse tangível. Eu o observava.

"Veja o lixo desta cidade", dissera ele por fim, apontando para a rua que passava pela janela, "todo o lixo desta cidade — pra onde será que levam? Não sei — mas podia perfeitamente ser pro meu quarto."

"É bem mais provável", eu comentara, "que joguem dentro do Sena."

Porém, quando acordei e olhei para o quarto ao meu redor, compreendi o que havia de bravata e covardia na linguagem figurada de Giovanni. Aquilo não era o lixo de Paris, que seria algo anônimo: era a vida de Giovanni, regurgitada.

À minha frente, ao meu lado, para todos os lados, empilhadas de modo a formar uma espécie de muralha, havia caixas de papelão e couro, umas amarradas com barbante, outras trancadas, algumas quase estourando de tão cheias, e da caixa que ficava em cima de todas transbordavam partituras para violino. Havia um violino no quarto, sobre a mesa, dentro de seu estojo empenado e rachado — olhando para ele, era impossível determinar se havia sido colocado ali na véspera ou cem anos antes. A mesa estava abarrotada de jornais amarelados e garrafas vazias, bem como uma única batata, escura e engelhada; até os brotos que haviam nascido nela estavam podres. Vinho tinto tinha sido derramado no chão; ao secar, tornara a atmosfera do quarto adocicada e pesada. Mas não era a desordem que assustava, e sim o fato de que, quando se procurava a chave dela, concluía-se que não estava em nenhum dos lugares habituais. Pois não era uma questão de hábito, circunstância ou temperamento, e sim de castigo e sofrimento. Não sei como foi que percebi isso, mas o percebi na mesma hora; talvez porque queria viver. E fiquei a contemplar o quarto exacerbando de modo nervoso e calculista minha inteligência e todas as minhas forças, como se avaliasse um perigo mortal e inevitável: a contemplar as paredes silenciosas do quarto, com aquele casal distante e arcaico de namorados, presos num interminável roseiral, as janelas que eram como dois grandes olhos de gelo e fogo, o teto escuro como aquelas nuvens nas quais por vezes demônios se manifestam, que obscurecia sem chegar a suavizar a malignidade por trás da luz amarela que pendia do centro dele, como uma genitália doente e indefinível. Debaixo daquela seta rombuda, daquela flor de luz esmagada, viviam os terrores que acossavam a alma de Giovanni. Compreendi por que ele me quisera e me levara para seu derradeiro refúgio. Era para que eu destruísse aquele quarto e desse a Giovanni uma vida nova e melhor. Aquela vida só poderia ser a minha, e, para poder transformar a dele, ela antes teria que se tornar parte do quarto de Giovanni.

No início, como os motivos que me levaram ao quarto de Giovanni eram tão confusos, tinham tão pouca relação com as esperanças e desejos dele, e estavam tão profundamente arraigados no meu desespero, inventei para mim mesmo certo prazer em desempenhar o papel de dona de casa quando Giovanni ia para o trabalho. Joguei fora o papel, as garrafas, aquele fantástico acúmulo de lixo; examinei os conteúdos das incontáveis caixas e malas e dei fim a eles. Mas não sou dona de casa — nenhum homem jamais o é. E o prazer nunca foi real nem profundo, embora Giovanni abrisse aquele seu sorriso humilde e grato, e me dissesse de todas as maneiras possíveis como era maravilhoso eu estar ali, interpondo-me, com meu amor e meu engenho, entre ele e a escuridão. Todos os dias Giovanni me pedia que testemunhasse o quanto ele havia mudado, o quanto o amor o havia mudado, como ele trabalhava e cantava e me adorava. Eu estava terrivelmente confuso. Às vezes dizia a mim mesmo: mas esta é mesmo a sua vida. Pare de lutar. Pare de lutar. Ou então pensava: mas estou feliz. E ele me ama. Estou protegido. Às vezes, quando Giovanni não estava perto de mim, eu pensava: nunca mais vou deixar que ele me toque. Então, quando me tocava, eu pensava: não faz mal, é só o corpo, não vai durar muito. Quando terminava, eu ficava deitado na escuridão, ouvindo-o respirar, sonhando com mãos me tocando, as mãos de Giovanni ou de quem quer que fosse, mãos que teriam o poder de me esmagar e me restaurar.

Às vezes eu o deixava terminando nosso café da manhã vespertino, com círculos de fumaça azul de cigarro em torno de sua cabeça, e ia à agência da American Express na Opéra, para pegar minha correspondência, se houvesse alguma. Às vezes, mas era raro, Giovanni ia comigo; ele dizia que não suportava ficar cercado por tantos americanos. Dizia que todos eles pareciam iguais — e estou certo de que era essa, mesmo, a sua impressão. Mas a mim eles não pareciam todos iguais. Eu tinha consciência de que todos tinham em comum alguma coisa que os tornava americanos, mas nunca consegui identificar o que seria. Sabia que, fosse o que fosse aquela qualidade comum, eu também a possuía. Sabia também que em parte fora ela que levara Giovanni a sentir-se atraído por mim. Quando ele queria manifestar seu aborrecimento comigo, dizia que eu era um *"vrai américain"*; do mesmo modo, quando estava contente, afirmava que eu não era, de modo algum, um americano; e tanto num caso como no outro Giovanni atingia, no mais fundo de mim, um nervo que nele não pulsava. E aquilo me incomodava: incomodava-me ser chamado de americano (e incomodava-me o fato de aquilo me incomodar) porque a acusação me reduzia à condição de nada mais do que isso, fosse o que fosse; e incomodava-me ele dizer que eu *não* era americano porque parecia ter o efeito de me reduzir a nada.

No entanto, entrando na agência da American Express numa tarde de verão de uma claridade áspera, fui obrigado a admitir que aquela horda ativa, de uma alegria tão inquietante, causava a impressão, no primeiro momento, de formar uma unidade. No meu país, eu teria conseguido distinguir padrões, hábitos, sotaques, sem o menor esforço: ali, todos davam a impressão, a menos que eu escutasse com atenção redobrada, de ser recém-chegados de Nebraska. No meu país, eu teria percebido as roupas que estavam usando, mas ali via apenas malas, câmeras fotográficas, cintos e chapéus, todos claramente comprados na mesma loja de departamentos. No meu país, teria alguma apreensão da feminilidade individual da mulher à minha frente — ali até mesmo a mulher mais agressivamente realizada parecia estar fazendo uma espécie de paródia de seu sexo, ou enregelada ou ressecada pelo sol, e até mesmo as avós pareciam jamais ter tido qualquer relação com a carne. E o que caracterizava os homens era sua aparente incapacidade de envelhecer; cheiravam a sabonete, substância essa que parecia ser o que os protegia dos perigos e exigências de qualquer odor mais íntimo; o menino que ele havia sido no passado brilhava de algum modo, incorrupto, intacto, imutável, nos olhos do homem sessentão que comprava uma passagem, com a esposa sorridente, para Roma. A esposa podia muito bem ser sua mãe, obrigando-o a engolir mais uma colherada de mingau, e *Roma* poderia ter sido o filme que ela havia prometido levá-lo para ver no cinema. No entanto, eu desconfiava também de que o que eu estava vendo era apenas uma parte da verdade, e talvez nem fosse a parte mais importante dela; por trás daqueles rostos, roupas, sotaques e modos rústicos, havia força e sofrimento, ambos inconfessos, irrealizados, a força dos inventores, o sofrimento dos desconectados.

Entrei na fila do correio, atrás de duas moças que haviam decidido que queriam continuar na Europa e procuravam emprego junto ao governo norte-americano na Alemanha. Uma delas havia se apaixonado por um rapaz suíço; foi a conclusão que tirei, com base na conversa intensa e atormentada que ela tinha em voz baixa com a amiga. A outra insistia que ela devia "fincar pé" — em relação a que princípio, isso eu não pude descobrir; a moça apaixonada fazia que sim com a cabeça, porém exprimindo mais perplexidade do que concordância. Tinha o ar sufocado e hesitante de quem tem algo mais a dizer, porém não consegue encontrar um jeito de fazê-lo. "Você não deve bancar a boba nessa história", dizia a amiga. "Eu sei, eu sei", respondia a moça. Tinha-se a impressão de que, embora certamente não quisesse bancar a boba, havia perdido uma definição da palavra e talvez jamais conseguisse encontrar outra.

Havia duas cartas para mim, uma do meu pai e uma de Hella. Fazia um bom tempo que ela só me enviava cartões-postais. Eu temia que sua carta fosse importante e não queria lê-la. Abri primeiro a carta do meu pai. Li-a parado na sombra, ao lado das portas duplas da agência, que se abriam e fechavam sem parar.

Meu garotão, dizia meu pai, será que você nunca mais vai voltar para casa? Não vá pensar que estou sendo egoísta, mas admito que gostaria de vê-lo. Acho que você já ficou longe de casa tempo suficiente, Deus sabe o que você está fazendo por aí, e você me escreve tão pouco que não posso nem tentar adivinhar. Mas imagino que um belo dia você vai se arrepender de ter passado tantos dias aí, contemplando o próprio umbigo, deixando o mundo passá-lo para trás. Aí não há nada para você. Você é tão americano quanto porco com feijão, mesmo que não queira mais pensar assim. E talvez não se zangue se eu lhe disser que você está ficando um pouco velho para ser estudante, se é que está mesmo estudando aí. Você já está quase com trinta anos. Eu também estou ficando mais velho, e você é tudo o que tenho. Queria muito vê-lo.

Você vive me pedindo dinheiro, e eu imagino que ache que eu estou sendo pão-duro. Não quero matá-lo de fome, e quando você realmente precisar de alguma coisa pode estar certo de que vou ser o primeiro a lhe ajudar, mas a verdade é que acho que não é uma boa ideia deixar que gaste o pouco que tem aí para depois voltar para casa sem nada. Que diabo você está fazendo? Conte esse segredo para o seu velho, está bem? Sei que é difícil de acreditar, mas já fui jovem que nem você.

Em seguida, falou sobre minha madrasta, dizendo que ela também queria me ver, e sobre alguns dos nossos amigos, contando o que andavam fazendo. Claramente, minha ausência estava começando a assustá-lo. Ele não sabia o que ela significava. Mas estava vivendo, aquilo era certo, num poço de suspeitas que a cada dia ficavam mais negras e mais vagas — ele não saberia exprimi-las em palavras, nem mesmo se ousasse. A pergunta que ele queria fazer não estava na carta, como também não estava a sua oferta: *É uma mulher, David? Traga-a para cá. Não me importa quem ela for. Traga-a para casa que eu ajudo vocês.* Ele não se arriscava a fazer essa pergunta porque não suportaria uma resposta negativa. Uma resposta negativa revelaria o quanto nos havíamos tornado estranhos um para o outro. Dobrei a carta, guardei-a no bolso de trás e fiquei um momento olhando para aquela avenida estrangeira, larga e ensolarada.

Havia um marinheiro, todo de branco, vindo pelo bulevar, andando com aquela ginga engraçada dos marinheiros e com aquela aura esperançosa e dura de quem precisa fazer muita coisa acontecer em pouco tempo. Eu o olhava fixamente, embora não me desse conta disso, desejando ser ele. O marinheiro parecia — de algum modo — mais jovem do que eu jamais fora, e mais louro e mais belo, e ostentava sua masculinidade de modo inequívoco, tal como exibia a própria pele. Ele me fez pensar na minha casa — talvez a casa da gente não seja um lugar, e sim simplesmente uma condição irrevogável. Eu sabia de que modo ele bebia, como ele era com os amigos, o quanto o sofrimento e as mulheres o deixavam perplexo. Eu me perguntava se meu pai algum dia fora daquele jeito, se eu próprio já fora assim — embora fosse difícil imaginar, para aquele rapaz, atravessando a avenida como um raio de luz, quaisquer antecedentes, quaisquer envolvimentos. Ele passou por mim e, como se tivesse percebido algum sinal revelador de pânico em mim, dirigiu-me um olhar de desprezo, despudorado e astuto; o mesmo olhar que poderia ter dirigido, algumas horas antes, a uma ninfomaníaca ou vagabunda desesperadamente bem-vestida, tentando convencê-lo de que era uma mulher direita. E, se tivesse durado mais um segundo o nosso contato, certamente o que seria manifestado em palavras, a partir de toda aquela luz e beleza, teria sido alguma variante brutal de *Olha aqui, meu bem, estou sabendo de você.* Senti que meu rosto pegava fogo, que meu coração endurecia e tremia enquanto eu passava apressado, tentando olhar fixamente para algum ponto atrás dele. O marinheiro havia me pegado de surpresa, pois na verdade eu não estava pensando nele exatamente, e sim na carta que levava no bolso, em Hella e Giovanni. Cheguei ao outro lado do bulevar sem ousar olhar para trás, perguntando a mim mesmo o que ele vira em mim que provocara tanto desprezo imediato. Eu já era velho o suficiente para saber que não tinha nada a ver com meu jeito de andar ou de mexer as mãos, nem com a minha voz — a qual, aliás, ele nem sequer tinha ouvido. Era outra coisa, que eu jamais conseguiria ver. Eu jamais ousaria vê-la. Era como olhar diretamente para o sol. Porém, andando depressa, sem coragem de olhar para qualquer pessoa, homem ou mulher, que passasse por mim nas calçadas largas, me dei conta de que o que o marinheiro tinha visto em meu olhar desprotegido era inveja e desejo: o mesmo que eu já vira tantas vezes nos olhos de Jacques e que me fizera reagir tal como fizera o marinheiro. Mas, se eu ainda fosse capaz de sentir afeto e se ele tivesse percebido aquilo em meu olhar, não teria ajudado, pois o afeto, para os rapazes que eu estava fadado a viver contemplando, era muitíssimo mais assustador do que o desejo.

Acabei indo mais longe do que pretendia ir, pois não ousava parar num lugar que ainda estivesse ao alcance da vista do marinheiro. Perto do rio, na Rue des Pyramides, sentei-me à mesa de um café e abri a carta de Hella.

Mon cher, começava ela, *a Espanha é o meu país predileto, mais ça n'empêche que Paris est toujours ma ville préférée. Morro de vontade de estar de volta em meio a essa gente boba, correndo para pegar o metrô e saltando dos ônibus e me esquivando das motos e ficando presa nos engarrafamentos e admirando essas estátuas malucas em todos esses parques absurdos. Choro de saudade das mulheres duvidosas da Place de la Concorde. A Espanha é muito diferente. Seja lá o que for, frívola não é. Na verdade, acho que eu ficaria aqui para sempre — se nunca tivesse estado em Paris. A Espanha é muito bela, pedregosa, ensolarada e solitária. Mas aos poucos você vai enjoando de azeite e peixe e castanholas e pandeiros — eu, pelo menos, enjoei. Quero voltar para casa, para Paris. Engraçado, antes eu nunca tinha me sentido em casa em lugar nenhum.*

Aqui não aconteceu nada comigo — imagino que isso vai agradar a você, e confesso que me agrada também. Os espanhóis são simpáticos, mas, é claro, em sua maioria são paupérrimos, os que não são insuportáveis; não gosto dos turistas, o que mais dá são dipsomaníacos ingleses e americanos, sustentados, meu caro, pelas famílias, desde que fiquem longe de casa. (Quem me dera ter uma família.) No momento estou em Maiorca, um lugar que seria ótimo se jogassem no oceano todas as viúvas que vivem de pensão e proibissem o martíni seco. Nunca vi nada igual! Só vendo essas bruxas velhas enchendo a cara e se engraçando com qualquer coisa que passe, desde que use calça, e principalmente se tiver por volta de dezoito anos — pois bem, eu disse a mim mesma: Hella, minha cara, olhe bem para elas. Talvez você esteja olhando para o seu futuro. O problema é que eu me amo demais. E por isso decidi deixar que duas pessoas fizessem essa tentativa, de me amar, quero dizer, e agora é ver no que vai dar. (Me sinto muito bem desde que tomei essa decisão, e espero que você também se sinta bem, meu querido cavaleiro andante.)

Não vou ter como escapar de uma terrível viagem a Sevilha com uma família inglesa que conheci em Barcelona. Eles adoram a Espanha e querem me levar para ver uma tourada — não fui nem uma vez, apesar de estar há tanto tempo perambulando por aqui. Eles são muito simpáticos, o marido é uma espécie de poeta que trabalha na BBC, e ela é a esposa eficiente e apaixonada. Muito simpáticos, sim. Agora, eles têm um filho completamente maluco que se imagina apaixonado por mim, mas ele é inglês demais, e novinho demais. Parto amanhã e só volto daqui a dez dias. Depois, eles vão para a Inglaterra, e eu... volto para você!

Dobrei a carta, a qual, só então me dei conta, eu estava esperando havia muitos dias e noites, e o garçom foi me perguntar o que eu queria beber. Antes minha intenção era pedir um aperitivo, mas agora, num clima grotesco de comemoração, pedi um uísque com soda. E tomando aquela bebida, que jamais me parecera tão americana quanto agora, fiquei contemplando aquela Paris absurda, que estava tão apinhada agora, sob o sol escaldante, quanto a paisagem do meu coração. Eu não sabia o que fazer.

Não que estivesse assustado. Melhor dizendo, não que sentisse medo — tal como o homem que levou um tiro, segundo dizem, não sente nenhuma dor por algum tempo. O que eu sentia era um certo alívio. Ao que parecia, a necessidade de tomar uma decisão não cabia mais a mim. Disse a mim mesmo que nós dois sabíamos desde o começo, eu e Giovanni, que nosso idílio não iria durar para sempre. E eu não havia mentido para ele — Giovanni sabia a respeito de Hella. Sabia que ela voltaria a Paris um dia. Agora aquilo ia acontecer, e minha vida com Giovanni chegaria ao fim. Passaria a ser uma coisa que havia acontecido comigo uma vez — uma coisa que tinha acontecido com muitos homens uma vez. Paguei a bebida, levantei-me e atravessei o rio, em direção a Montparnasse.

Eu me sentia exultante — e no entanto, caminhando pelo Boulevard Raspail rumo aos cafés de Montparnasse, não podia deixar de lembrar que havia caminhado com Hella ali, que havia caminhado com Giovanni ali. E, a cada passo que eu dava, o rosto que brilhava insistentemente diante de mim não era o dela, e sim o dele. Estava começando a me perguntar como Giovanni reagiria à notícia. Não achava que fosse brigar comigo, mas tinha medo do que veria estampado em seu rosto. Medo da dor que eu veria lá. Mas nem mesmo aquilo era meu medo verdadeiro. Meu medo verdadeiro era subterrâneo, e ele me impelia para Montparnasse. Eu queria achar uma garota, uma garota qualquer.

Porém os cafés pareciam curiosamente vazios. Eu caminhava devagar, pelos dois lados da avenida, olhando para as mesas. Não vi nenhum rosto conhecido. Andei até o Closerie des Lilas, e lá tomei um drinque solitário. Reli as duas cartas. Pensei em ir ter com Giovanni imediatamente para lhe dizer que ia deixá-lo, mas sabia que ele ainda não havia aberto o bar, e àquela hora poderia estar em quase qualquer lugar da cidade. Voltei pelo bulevar, caminhando lentamente. Então vi duas garotas, prostitutas francesas, que não eram muito bonitas. Disse a mim mesmo que conseguiria arranjar coisa melhor. Fui até o Sélect e me sentei a uma mesa. Fiquei vendo as pessoas passarem, enquanto bebia. Ninguém apareceu no bulevar por muito tempo.

Quem por fim apareceu foi uma pessoa que eu não conhecia muito bem, uma garota chamada Sue, loura e um tanto gorducha, que, apesar de não ser bonita, era bem do tipo das garotas que todos os anos são escolhidas como Miss Rheingold. Tinha o cabelo louro bem curto, os seios pequenos, as nádegas abundantes, e, certamente para mostrar ao mundo que ela pouco se importava com a aparência ou a sensualidade, sempre usava blue jeans bem justos. Creio que era da Filadélfia, e que sua família tinha muito dinheiro. Às vezes, quando estava bêbada, falava mal de seus familiares, e em outras ocasiões, quando tomava um porre de outro tipo, louvava as virtudes, a economia e a fidelidade deles. Senti um misto de desânimo e alívio ao vê-la. Assim que apareceu, comecei, mentalmente, a despi-la por completo.

"Senta", convidei. "Toma alguma coisa."

"Que bom te ver", ela exclamou, sentando-se e olhando à sua volta, à procura de um garçom. "Você anda meio sumido. Como está?" Desistindo de procurar pelo garçom, debruçou-se em minha direção, com um sorriso simpático.

"Estou bem", respondi. "E você?"

"Ah, *eu*! Comigo nunca acontece nada." E virou para baixo os cantos da boca um tanto predatória, mas também vulnerável, para indicar que estava ao mesmo tempo brincando e falando sério. "Sou que nem um muro de pedra." Nós dois rimos. Ela me olhou de esguelha. "Me disseram que você está morando lá nos confins de Paris, perto do jardim zoológico."

"Encontrei um quarto de empregada lá. Bem barato."

"Está morando sozinho?"

Eu não sabia se ela estava ou não sabendo de Giovanni. Senti que minha testa começava a suar. "Mais ou menos", respondi.

"Mais ou menos? Mas que diabo você quer dizer com *isso*? Está morando com um macaco, ou o quê?"

Sorri. "Não. Mas tem um garoto francês que eu conheço, ele mora com a namorada, mas os dois brigam muito, e o quarto na verdade é *dele*, e aí às vezes, quando a namorada o expulsa, ele fica comigo por uns dias."

"Ah!" Ela suspirou. "*Chagrin d'amour!*"

"Ele está se divertindo", comentei. "Está adorando." Olhei para ela. "E você, não está se divertindo?"

"Os muros de pedra", respondeu ela, "são impenetráveis."

O garçom chegou. Arrisquei: "Isso não depende da arma usada?".

"Que bebida você vai me oferecer?", ela perguntou.

"O que é que você quer?" Nós dois sorríamos. O garçom, à nossa espera, manifestava uma espécie de *joie de vivre* carrancuda.

"Acho que vou tomar…" — ela piscou, balançando os cílios sobre os olhos azuis apertados — "*un ricard*. Com gelo às pencas."

"*Deux ricards*", eu disse ao garçom, "*avec beaucoup de la glace.*"

"*Oui, monsieur.*" Eu tinha certeza de que ele nos desprezava. Pensei em Giovanni, em quantas vezes por noite a frase *Oui, monsieur* saía de seus lábios. Com esse pensamento fugaz veio outro, igualmente fugaz: uma nova visão de Giovanni, sua vida e sua dor íntimas, e tudo aquilo que se agitava dentro dele como uma enchente, quando estávamos deitados lado a lado à noite.

"Continuando", disse eu.

"Continuando?" Ela arregalou bem os olhos, deixando-os vazios. "Onde a gente estava?" Aquilo era uma tentativa de ser coquete, e também de ser durona. Senti que eu estava fazendo uma coisa muito cruel.

Mas não consegui parar. "A gente estava falando sobre muros de pedra, e como é possível passar por eles."

"Eu não sabia", ela disse com um sorriso afetado, "que você tinha interesse por muros de pedra."

"Tem muita coisa a meu respeito que você não sabe." O garçom trouxe nossos drinques. "Não acha divertido fazer descobertas?"

Ela olhava para o copo com desânimo. "Pra falar com franqueza", respondeu, virando-se para mim de novo, com aqueles olhos, "não."

"Ah, você é muito jovem pra ter essa atitude. *Tudo* devia ser uma descoberta."

Ela permaneceu em silêncio por um momento. Provou a bebida. Por fim, disse: "Já fiz todas as descobertas que sou capaz de suportar". Mas eu observava o modo como suas coxas se moviam contra o tecido do jeans.

"Você não pode continuar sendo um muro de pedra pra sempre."

"Não vejo por que não", disse ela. "E não vejo *como* não."

"Meu bem", eu disse, "estou lhe fazendo uma proposta."

Ela pegou o copo outra vez e bebeu mais um pouco, olhando para a frente, em direção ao bulevar. "E o que é que você me propõe?"

"Me convida pra beber alguma coisa. *Chez toi.*"

"Eu acho", disse ela, virando-se para mim, "que não tenho nada lá em casa."

"A gente compra alguma coisa no caminho."

Ela ficou um bom tempo olhando para mim. Me obriguei a não baixar os olhos. "Tenho certeza que eu não devia fazer isso", disse ela por fim.

"Por que não?"

Ela esboçou um movimento débil, impotente, na cadeira de palhinha. "Não sei. Não sei o que você quer."

Eu ri. "Se me convidar pra tomar alguma coisa na sua casa", respondi, "eu te mostro."

"Acho que você está sendo insuportável", ela retrucou, e pela primeira vez havia algo de verdadeiro em seu olhar e sua voz.

"Pois eu", insisti, "acho que quem está sendo insuportável é *você*." Dirigi-lhe um sorriso que era, eu esperava, ao mesmo tempo juvenil e insistente. "Não disse nada de impertinente. Estou jogando às claras. Não sei por que acha impertinente um homem que declara se sentir atraído por você."

"Ah, por favor", disse ela, bebendo o resto do drinque, "tenho certeza de que é só efeito do sol de verão."

"O sol de verão", retruquei, "não tem nada a ver com isso." E como ela continuasse sem responder, prossegui, em desespero: "A única coisa que você precisa fazer é decidir se a gente toma mais uma aqui ou na sua casa".

Ela estalou os dedos de repente, mas não conseguiu parecer atrevida. "Vamos lá. Aposto que depois vou me arrepender. Mas você vai ter que comprar alguma coisa pra beber. Lá em casa não tem nada mesmo. E assim", acrescentou, depois de uma pausa, "saio ganhando alguma coisa com essa história."

Fui eu, então, que experimentei uma hesitação terrível. A fim de não ter que olhar para ela, fiz toda uma cena para chamar o garçom. Ele veio, carrancudo como sempre, e eu paguei a conta, e nós nos levantamos e saímos a caminhar rumo à Rue de Sévres, onde ficava o pequeno apartamento de Sue.

O lugar era escuro e cheio de móveis. "Nada disso é meu", ela explicou. "É tudo da senhora francesa de certa idade que me alugou, e que agora está em Monte Carlo tratando dos nervos." Também ela estava nervosa, e me dei conta de que aquele nervosismo, por alguns momentos, ia me ajudar muito. Eu havia comprado uma garrafa pequena de conhaque, a qual larguei na mesa de mármore, então abracei Sue. Por algum motivo, fui assolado pela lembrança terrível de que eram sete da noite, em breve o sol desapareceria do rio, toda a noite parisiense estava prestes a começar, e Giovanni estava no trabalho.

133

Ela era muito grande, e de uma fluidez inquietante — uma fluidez, porém, que no entanto não lhe permitia fluir. Senti que havia nela uma dureza, uma constrição, uma desconfiança profunda, produzida por uma longa sequência de homens como eu, e que agora não podia mais ser vencida. O que nós dois estávamos prestes a fazer não seria nada bonito.

Como se tivesse percebido isso, ela se afastou de mim. "Vamos tomar um drinque", disse ela. "A menos, é claro, que você esteja com pressa. Vou tentar não prender você mais do que o estritamente necessário."

Ela sorriu, e eu também. Naquele momento estávamos próximos, o mais próximos que jamais haveríamos de estar — como dois ladrões. "Vamos tomar vários drinques", disse eu.

"Mas não vamos beber *demais*", ela acrescentou, com outro sorriso afetado, sugestivo, como uma estrela de cinema decadente voltando a enfrentar as câmeras cruéis após um longo eclipse.

Sue pegou o conhaque e sumiu no cantinho que era sua cozinha. "Fique à vontade", gritou para mim. "Tire os sapatos. E as meias. Veja os meus livros — eu vivo me perguntando o que seria de mim se não houvesse livros no mundo."

Tirei os sapatos e me recostei no sofá. Tentei não pensar em nada. Mas eu estava pensando que o que eu fazia com Giovanni não podia, de jeito nenhum, ser mais imoral do que o que eu estava prestes a fazer com Sue.

Ela voltou com duas grandes taças de conhaque. Sentou perto de mim no sofá e brindamos. Bebemos um pouco, ela me observando o tempo todo, depois peguei nos seus seios. Seus lábios se entreabriram, e ela largou a taça do modo mais desajeitado possível e se deitou junto a mim. Era um gesto de extremo desespero, e compreendi que ela estava se entregando não a mim, mas àquele seu amor que jamais viria.

Quanto a mim, pensei em muitas coisas, acoplado a Sue

naquele lugar escuro. Eu me perguntava se ela havia tomado alguma precaução para não engravidar; a ideia de um filho que fosse meu e de Sue, de me ver atrelado a ela por aquilo — no momento exato em que eu tentava fugir, de certo modo —, quase resultou num acesso de riso. Eu me perguntava se o jeans dela não teria sido jogado em cima do cigarro que estava fumando. Eu me perguntava se alguém teria outra chave do apartamento, se estávamos sendo ouvidos do outro lado da parede fina, e o quanto, em breve, íamos nos odiar. Eu a abordava como se ela fosse uma tarefa a ser cumprida, uma tarefa que deveria ser executada de modo inesquecível. Em algum lugar, no mais profundo de mim, tinha consciência de que estava fazendo uma coisa terrível com ela, e tornou-se uma questão de honra não deixar que esse fato se tornasse excessivamente óbvio. Eu tentava exprimir, através daquele horrendo ato de amor, a ideia, ao menos, de que não era ela, não era a carne *dela*, que eu desprezava — que não seria ela que eu não conseguiria encarar quando reassumíssemos a posição vertical. Mais uma vez, no meu eu mais profundo, tinha consciência de que meus temores haviam sido excessivos e infundados, e na verdade configuravam uma mentira: a cada instante ficava mais claro que o que me inspirara medo nada tinha a ver com meu corpo. Sue não era Hella, e não diminuía o terror do que aconteceria quando Hella chegasse: pelo contrário, tornava-o maior, mais real do que antes. Ao mesmo tempo, eu percebia que meu desempenho estava sendo bom até demais, e tentei não desprezar Sue por ela estar sentindo tão pouco do que sentia o cumpridor da tarefa. Eu percorria o labirinto de seus gritos, de golpes ritmados nas minhas costas, e calculava, com base em suas coxas, em suas pernas, quanto tempo faltava para me ver livre. Então pensei: *O fim está próximo.* Os soluços dela se tornaram mais intensos e mais roucos, senti de modo terrível um suor frio na minha região lombar, e pensei: *Dê tudo logo a ela pelo amor de Deus, acabe logo com isso*; e então a coisa estava terminando, e eu odiava a ela e a mim, e por fim terminou, e o quartinho escuro reapareceu de repente. Tudo o que eu queria era ir embora dali.

Ela ficou muda e imóvel por um bom tempo. Eu sentia a presença da noite lá fora a me chamar. Por fim me ergui parcialmente no sofá e encontrei um cigarro.

"A gente", disse ela, "devia terminar o conhaque."

Sue sentou-se e acendeu o abajur ao lado da cama. Era o momento que eu temia. Mas ela não viu nada em meus olhos — fitava-me como se eu tivesse chegado de uma longa viagem, montado num corcel branco, até a prisão onde estava encerrada. Levantou o copo.

"*À la votre*", brindei.

"*À la votre?*" Ela riu baixinho. "*À la tienne, chéri!*" Abaixou-se e beijou-me na boca. Então, por um momento, sentiu algo; afastou-se e olhou fixamente para mim, mas não com uma expressão tensa; e disse, num tom leve: "Acha que a gente pode voltar a fazer isso um dia?".

"Não vejo por que não", respondi, tentando rir. "Cada um de nós tem seu próprio equipamento."

Ela ficou em silêncio. Então: "A gente podia jantar junto — hoje?".

"Desculpe", retruquei. "Desculpe mesmo, Sue, mas tenho um compromisso."

"Ah. Então amanhã, talvez?"

"Olhe, Sue. Eu detesto me comprometer. Um dia faço uma surpresa a você."

Ela terminou a bebida. "Acho pouco provável."

Levantou-se e afastou-se de mim. "Vou me vestir e descer com você."

Sue saiu do quarto, e ouvi a banheira enchendo. Continuei

sentado, nu mas de meias, e pus na minha taça mais uma dose de conhaque. Agora sentia medo de sair naquela noite que alguns momentos antes parecia estar me chamando.

Quando voltou, Sue estava com um vestido e sapatos de verdade, e havia armado o cabelo. Fui obrigado a admitir que estava mais bonita assim, parecia mais uma moça, uma garotinha. Levantei-me e comecei a me vestir. "Você está bonita", comentei.

Havia muitas coisas que ela queria dizer, porém se obrigou a permanecer calada. Para mim era quase insuportável assistir à luta que transcorria em seu rosto, que me enchia de vergonha. "Quem sabe um dia você se sinta solitário outra vez", ela disse por fim. "Acho que, se me procurar, não vou achar ruim." Ostentava o sorriso mais estranho que eu já vira. Era doloroso, vingativo e humilhado, mas desajeitadamente ela pintou por cima dessa careta uma alegria juvenil, animada — tão rígida quanto o esqueleto que havia por trás de seu corpo flácido. Se o destino lhe desse a oportunidade, Sue ia me matar com aquele exato sorriso no rosto.

"Mantenha uma vela acesa", disse eu, "na janela." Ela abriu a porta e saímos para a rua.

3

Deixei-a na esquina mais próxima, engrolando alguma desculpa boba, e fiquei vendo seu vulto impassível atravessar o bulevar, rumo aos cafés.

Eu não sabia o que fazer nem aonde ir. Depois de algum tempo, dei por mim caminhando ao longo do rio, indo para casa lentamente.

Aquela foi talvez a primeira vez na minha vida em que a morte surgiu para mim como uma realidade. Eu pensava nas pessoas que antes de mim haviam contemplado o rio e nele tinham ido dormir. Elas me faziam pensar. Eu me perguntava como haviam feito aquilo — ou seja, cometido o ato físico em si. Pensamentos suicidas tinham me ocorrido quando eu era bem mais jovem, como talvez aconteça com todo mundo, mas naquela época o suicídio teria sido uma vingança, uma maneira de dizer ao mundo que ele me proporcionara sofrimentos terríveis. Mas o silêncio da noite, enquanto eu caminhava para casa, nada tinha a ver com aquela tempestade, com aquele menino agora distante. Eu me perguntava sobre os mortos apenas porque os dias deles haviam terminado, e não sabia como viveria os que ainda me restavam.

A cidade, Paris, que eu tanto amava, estava completamente silenciosa. Parecia não haver quase ninguém nas ruas, embora a noite estivesse apenas começando. No entanto, abaixo de mim — ao longo da margem do rio, debaixo das pontes, nas sombras das paredes, eu quase podia ouvir um suspiro coletivo, um estremecimento — havia gente amando e ruínas, gente dormindo, abraçando-se, copulando, bebendo, vendo a noite cair. Por trás das paredes das casas pelas quais eu passava, a nação francesa estava lavando os pratos, pondo para dormir os pequenos Jean--Pierre e Marie, preocupando-se com os eternos problemas do *sou*, da loja, da Igreja, do Estado instável. Aquelas paredes, aquelas janelas fechadas continham aquelas pessoas e as protegiam da escuridão e do longo gemido daquela longa noite. Dentro de dez anos, os pequenos Jean-Pierre e Marie talvez fossem dar na margem do rio e se perguntassem, tal como eu, como haviam caído fora da rede de segurança. Então eu vim de tão longe, pensei, para ser destruído!

Porém, era verdade — lembrei, afastando-me do rio e tomando a rua comprida que me levaria até em casa — que eu queria ter filhos. Eu queria estar do lado de dentro outra vez, onde havia luz e segurança, onde minha virilidade não seria questionada, vendo minha mulher pôr meus filhos na cama. Queria a mesma cama à noite e os mesmos braços, e queria despertar na manhã seguinte sabendo onde estava. Queria que uma mulher fosse para mim um chão estável, como a própria terra, onde eu sempre poderia me renovar. Antes era assim, ou quase assim. Eu poderia recuperar aquela situação, torná-la real. Bastava um esforço curto e vigoroso para que voltasse a ser quem eu era.

Vi uma luz acesa embaixo da nossa porta enquanto caminhava pelo corredor. Antes que eu colocasse a chave na fechadura, a porta foi aberta de dentro. Lá estava Giovanni, o cabelo caído nos olhos, rindo. Tinha na mão uma taça de conhaque. De saída, observei o que parecia ser alegria no seu rosto. Em seguida, me dei conta de que não era alegria, e sim histeria e desespero.

Eu ia lhe perguntar o que ele estava fazendo em casa, mas Giovanni puxou-me para dentro do quarto, segurando com força meu pescoço com uma das mãos. Ele tremia. "Onde é que você estava?" Olhei-o no rosto, afastando-me um pouco dele. "Procurei você por toda parte."

"Não foi trabalhar?", perguntei-lhe.

"Não. Bebe uma dose. Comprei uma garrafa de conhaque pra comemorar minha liberdade." Serviu um copo para mim. Eu não conseguia me mexer. Ele se aproximou outra vez, enfiando o copo em minha mão.

"Giovanni — o que houve?"

Ele não respondeu. De repente, sentou-se na beira da cama, recurvado. Então percebi que Giovanni estava também possuído pela raiva. *"Ils sont sales, les gens, tu sais?"* Levantou a cabeça e me olhou. Os olhos estavam cheios de lágrimas. "Eles são sujos, todos eles, gente baixa, vulgar e suja." Estendeu a mão e me fez sentar no chão ao seu lado. "Todo mundo, menos você. *Tous, sauf toi.*" Segurou meu rosto entre as mãos, e imagino que nunca antes tamanha ternura produzira tanto terror quanto o que senti. *"Ne me laisse pas tomber, je t'en prie"*, ele disse, e me beijou, com uma delicadeza estranha e insistente na boca.

O contato com ele jamais deixava de me fazer sentir desejo; no entanto, seu hálito quente e doce também me dava vontade de vomitar. Afastei-me do modo mais delicado possível e bebi meu conhaque. "Giovanni, por favor, me diga o que houve. O que foi?"

"Ele me despediu", foi a resposta. "O Guillaume. *Il m'a mis à la porte.*" Riu, levantou-se e começou andar de um lado para o outro no quarto minúsculo. "Disse pra eu nunca mais aparecer no bar dele. Disse que eu era um gângster, um ladrão, um moleque de rua sujo, e que eu só corri atrás dele — *eu* corri atrás dele! — porque eu pretendia roubar ele alguma noite. *Après l'amour. Merde!*" E riu outra vez.

Não consegui dizer nada. Tive a impressão de que as paredes do quarto estavam se fechando sobre mim.

Giovanni estava diante de uma de nossas janelas caiadas, de costas para mim. "Disse isso tudo na frente de um monte de gente, no andar de baixo do bar. Esperou até que as pessoas chegassem. Tive vontade de matar ele, de matar todo mundo." Voltou para o centro do quarto e encheu o copo. Bebeu a dose de um só gole, e de repente jogou o copo com toda a força contra a parede. Houve um tilintar breve, e milhares de cacos cobriram nossa cama e o chão. Não consegui me mexer de imediato; então, tendo a impressão de que meus pés estavam sendo puxados para trás pela água mas ao mesmo tempo vendo a mim mesmo movimentar-me muito rápido, agarrei-o pelos ombros. Giovanni começou a chorar. Eu o segurei. E, enquanto sentia a angústia dele me penetrar, como o ácido de seu suor, e sentia que meu coração estava prestes a se partir por ele, ao mesmo tempo eu me perguntava, com uma sensação involuntária e perplexa de desprezo, como eu podia ter pensado que Giovanni era forte.

Ele desprendeu-se de mim e sentou-se no chão, encostado na parede cujo papel fora arrancado. Eu estava sentado em frente a ele.

"Cheguei na hora de sempre", disse Giovanni. "Eu estava me sentindo bem hoje. Ele não estava lá quando cheguei, e limpei o bar como sempre, bebi um pouco e comi um pouco. Então ele chegou, e percebi na mesma hora que estava com um mau humor perigoso — algum garoto provavelmente tinha acabado de fazer com que ele se sentisse humilhado. Engraçado" — Giovanni sorriu —, "a gente sabe quando o Guillaume está num estado perigoso, porque nessas horas ele fica muito respeitável. Quando acontece alguma coisa e ele se sente humilhado e percebe, mesmo que por um momento, como é nojento, o quanto é solitário, o Guillaume lembra que faz parte de uma das melhores e mais antigas famílias da França. Mas ao mesmo tempo, imagino, ele lembra que o nome dele vai morrer com ele. Então sente necessidade de fazer alguma coisa depressa pra afastar aquele sentimento. E tem que fazer muito barulho, ou conquistar algum garoto *muito* bonito, ou tomar um porre, ou puxar uma briga, ou ficar olhando pros desenhos pornográficos dele." Fez uma pausa, levantou-se e voltou a andar de um lado para o outro. "Não sei o que foi que aconteceu com ele hoje, mas logo ao entrar tentou primeiro agir de modo muito profissional — ficou procurando alguma coisa malfeita no meu trabalho. Mas não encontrou nada, e aí foi pro andar de cima. Depois de algum tempo me chamou. Detesto ter que subir pra aquele *pied--à-terre* dele, porque sei que vai haver uma cena. Mas eu tinha que ir, e quando cheguei lá ele estava de roupão, todo perfumado. Não sei por quê, mas foi só ver o Guillaume daquele jeito que comecei a me irritar. Ele olhou para mim como se fosse uma coquete fabulosa — e ele é feio, feio, tem um corpo que parece leite azedo! — e aí me perguntou como você estava. Fiquei meio surpreso, porque ele nunca fala em você. Respondi que você estava bem. Ele me perguntou se ainda estávamos morando juntos, e acho que eu devia ter mentido, mas não vi nenhum motivo para mentir pra uma bicha velha e nojenta como ele, e aí respondi: *Bien sûr.* Eu estava tentando ficar calmo. Então ele me fez umas perguntas horríveis, e eu comecei a passar mal só de ver e ouvir aquela criatura. Achei que o melhor era ser bem rápido, então disse que aquelas perguntas ninguém fazia, nem mesmo um padre ou um médico, e disse que ele devia se envergonhar. Acho que ele estava mesmo esperando ouvir uma coisa desse tipo, porque então ficou irritado e foi dizendo que tinha me tirado da rua, *et il a fait ceci et il a fait cela*, tudo isso por mim, porque achava que eu fosse uma pessoa adorável, *parce qu'il m'adorait* — etc. etc., e que eu não tinha gratidão nem decência. Acho que me saí muito mal, sei o que teria feito se fosse uns poucos meses atrás, eu faria com que ele gritasse e beijasse meus pés, *je te jure!* — mas não quis fazer isso, não quis ser sujo com ele. Tentei ser sério. Disse que nunca havia dito nenhuma mentira para ele, que sempre deixara claro que não queria ser amante dele — e que assim mesmo ele me havia dado aquele emprego. Eu disse que trabalhava muito e era muito honesto com ele e que não era culpa minha se — se — se eu não sentia por ele o que ele sentia por mim. Então o Guillaume jogou na minha cara que uma vez — uma única vez — e eu não queria dizer sim, mas eu estava fraco de tanta fome e foi difícil não vomitar na hora. Eu continuava tentando ficar calmo e fazer a coisa certa. Então eu disse: *Mais à ce moment là je n'avais pas un copain*. Agora não estou mais sozinho, *je suis avec un gars maintenant*. Achei que ele ia compreender isso, ele é muito romântico, tem todos esses sonhos de fidelidade. Mas hoje, não. Ele riu e disse umas coisas horríveis sobre você, que era só um rapaz americano, fazendo na França coisas que jamais teria coragem de fazer na sua terra, e que ia me abandonar muito em breve. Aí eu realmente fiquei muito irritado e disse que não recebia um salário para ouvir ele falando mal das pessoas, então percebi alguém entrando no bar, e dei as costas pra ele sem dizer mais nada e desci."

Ele parou diante de mim. "Posso tomar mais um conhaque?", perguntou, com um sorriso. "Não vou quebrar a taça desta vez."

Entreguei-lhe a minha. Ele a esvaziou e devolveu. Olhava para meu rosto com atenção. "Não tenha medo. Tudo vai acabar bem. Não estou com medo." Então seu olhar ficou mais tenso, e ele virou-se de novo para a janela.

"Pois então", prosseguiu, "torci pra que a coisa ficasse por isso mesmo. Fui trabalhar no bar, tentando não pensar no Guillaume nem no que ele estaria pensando e fazendo no andar de cima. Era a hora do aperitivo, sabe? Eu estava ocupadíssimo. Então, de repente, ouvi a porta lá de cima bater com força, e nesse momento entendi que a coisa terrível havia acontecido. Ele entrou no bar, agora vestido, como um homem de negócios francês, e veio direto na minha direção. Não se dirigiu a ninguém quando entrou, e estava muito pálido e irritado, e é claro que isso atraiu a atenção. Todo mundo estava esperando pra ver o que ele ia fazer. E, confesso, achei que ia bater em mim, ou então que tinha enlouquecido e estava com uma pistola no bolso. De modo que eu sem dúvida estava com uma cara assustada, o que não ajudou nem um pouco. Ele veio pra trás do balcão e começou a dizer que eu era um *tapette*, um ladrão, e me mandou ir embora imediatamente, senão ele chamava a polícia e mandava me prender. Fiquei tão atônito que não consegui dizer nada, e o tempo todo ele ia levantando a voz, e as pessoas estavam começando a prestar atenção, e de repente, *mon cher*, tive a impressão de que estava caindo, caindo de um lugar muito alto. Por um bom tempo não consegui ficar zangado, e senti as lágrimas querendo sair, ardendo feito fogo. Não conseguia recuperar o fôlego, não conseguia *acreditar* que ele estava mesmo fazendo aquilo comigo. Eu repetia: o que foi que eu fiz? O que foi que eu *fiz*? Ele não respondia, e de repente gritou, muito alto, como se fosse um tiro de uma arma de fogo: '*Mais tu le sais, salop!* Sabe muito bem!'. E ninguém sabia o que ele estava dizendo, mas era como se a gente estivesse repetindo a cena no saguão do cinema, onde nos conhecemos, você lembra? Tudo mundo sabia que o Guillaume tinha razão e que eu estava errado, que eu havia feito alguma coisa terrível. Ele foi até a caixa registradora e pegou dinheiro — mas eu sabia que não havia muito dinheiro ali naquela hora — e largou na minha mão, dizendo: 'Leva! Leva! Melhor te dar agora do que você me roubar à noite! Agora, rua!'. E, ah, a cara das pessoas no bar, só você vendo. Expressões muito sábias e trágicas, *agora* elas tinham certeza que estavam sabendo de tudo, tudo que elas já sabiam o tempo todo, e estavam aliviadas por nunca terem se envolvido comigo. Ah! *Les encules!* Os filhos da puta! *Les gonzesses!*" Giovanni estava chorando outra vez, agora de raiva. "Então, por fim, dei um soco nele, e muitas mãos me agarraram, e aí nem sei direito o que aconteceu, mas quando dei por mim estava na rua, com estas notas rasgadas na mão e todo mundo olhando pra mim. Eu não sabia o que fazer, não queria de jeito nenhum ir embora, mas estava claro que se acontecesse mais alguma coisa iam chamar a polícia e o Guillaume me mandava prender. Mas vou encontrar com ele de novo, juro que vou, e nesse dia…!"

Ele calou-se, sentou-se e ficou olhando para a parede. Depois virou-se para mim. Por um bom tempo me observou, em silêncio. Em seguida: "Se você não estivesse aqui", disse, muito pausadamente, "seria o fim do Giovanni".

Levantei-me. "Não seja bobo. A coisa não é tão trágica assim." Fiz uma pausa. "O Guillaume é nojento. Todos eles são. Mas não é a pior coisa que já aconteceu com você. É?"

"Acho que cada coisa ruim que acontece deixa você mais fraco", ele respondeu, como se não tivesse me ouvido, "e a cada vez se suporta menos." Depois levantou a vista. "Não. A pior coisa de todas aconteceu há muito tempo, e desde então a minha vida é um horror. Você não vai me abandonar, vai?"

Eu ri. "Claro que não." Comecei a sacudir o lençol, jogando no chão os cacos de vidro.

"Não sei o que faria se você me abandonasse." Pela primeira vez, senti um toque de ameaça em sua voz — ou então fui eu que o imaginei. "Fiquei sozinho por tanto tempo — não sei se conseguiria viver se ficasse sozinho de novo."

"Você não está sozinho agora", retruquei. E então, mais que depressa, porque naquele momento o toque de Giovanni seria insuportável, disse: "Vamos dar uma caminhada? Vamos — vai ser bom sair deste quarto um minuto". Abri um sorriso torto e lhe fiz um afago brusco no pescoço, à maneira dos jogadores de futebol. Então nos abraçamos por um instante. Eu o afastei de mim. "Vou lhe pagar um drinque."

"E depois você me traz de volta pra casa?", ele perguntou.

"Sim, eu trago você de volta pra casa."

"*Je t'aime, tu sais?*"

"*Je le sais, mon vieux.*"

Giovanni foi até a pia e começou a lavar o rosto. Penteou o cabelo. Eu o observava. Ele sorria para mim no espelho, de repente belo e feliz. E jovem — nunca na minha vida eu me sentira tão indefeso e velho.

"Mas tudo vai acabar bem!", ele exclamou. "*N'est-ce pas?*"

"Claro", respondi.

Giovanni virou-se para mim. Estava sério outra vez. "Mas você sabe — não sei quanto tempo vou levar pra encontrar outro emprego. E a gente está quase sem dinheiro. Você tem algum? Chegou dinheiro pra você de Nova York hoje?"

"Hoje não chegou dinheiro nenhum de Nova York", respondi, tranquilo, "mas ainda tenho um pouco no bolso." Tirei o que havia e pus na mesa. "Uns quatro mil francos."

"E eu…" Giovanni esvaziou os bolsos, espalhando cédulas e moedas. Deu de ombros e sorriu para mim, aquele sorriso incrivelmente doce, impotente e comovente. "*Je m'excuse.* Fiquei meio enlouquecido." Ele se pôs de quatro no chão, recolheu o dinheiro e o colocou na mesa com o que eu já havia posto lá. Cerca de três mil francos estavam em notas que teriam que ser coladas, e resolvemos deixar para fazer aquilo depois. Com o dinheiro que já estava na mesa, havia ao todo nove mil francos.

"Ricos, não estamos", disse Giovanni, melancólico, "mas vamos poder comer amanhã."

De algum modo, eu não queria que ele se preocupasse. Não suportava ver aquela expressão em seu rosto. "Vou escrever de novo pro meu pai amanhã", disse eu. "Vou contar uma mentira qualquer, uma mentira em que ele vai acreditar, e vou fazer com que me mande dinheiro." Eu me aproximei de Giovanni como se estivesse sendo empurrado, colocando as mãos nos seus ombros e me obrigando a olhá-lo nos olhos. Sorri, e tive a exata impressão naquele momento de que Judas e o Salvador haviam se encontrado dentro de mim. "Não tenha medo. Não se preocupe."

Senti também, estando tão perto de Giovanni, movido por tamanha vontade de conter o terror dele, que — mais uma vez! — o poder de decisão fora arrancado de minhas mãos. Pois nem meu pai nem Hella eram reais naquele momento. E, no entanto, nem mesmo aquele momento era tão real quanto a consciência desesperadora de que nada era real para mim, nada jamais voltaria a ser real para mim — a menos que, é claro, aquela sensação de estar caindo fosse a realidade.

As horas desta noite começam a se esvair, e agora, a cada segundo que passa no relógio, o sangue no fundo de meu coração começa a ferver, a borbulhar, e sei que, faça eu o que fizer, a angústia está prestes a me dominar nesta casa, tão nua e metálica quanto aquela grande lâmina que Giovanni terá de enfrentar muito em breve. Meus verdugos estão aqui, andando de um lado para o outro comigo, lavando coisas, fazendo malas, bebendo da minha garrafa. Estão em todos os lugares para onde me volto. Paredes, janelas, espelhos, água, a noite lá fora — estão em toda parte. Eu poderia gritar — como Giovanni, deitado em sua cela neste momento, poderia gritar. Mas ninguém ia me ouvir. Eu poderia tentar explicar. Giovanni tentou. Eu poderia pedir perdão — se fosse capaz de identificar e encarar meu crime, se houvesse alguma coisa ou alguém em algum lugar com o poder de perdoar.

Não. Ajudaria se eu conseguisse me sentir culpado. Mas o fim da inocência é também o fim da culpa.

Apesar do que possa parecer agora, sou obrigado a confessar: eu o amava. Creio que nunca mais vou amar alguém tanto assim. E isso seria um grande alívio se eu também não soubesse que, quando a lâmina descer, o que Giovanni vai sentir, se sentir alguma coisa, será alívio.

Ando de um lado para o outro dentro desta casa — de um lado para o outro. Penso na prisão. Muito tempo atrás, antes mesmo de conhecer Giovanni, conheci um homem numa festa na casa de Jacques que era famoso por ter passado metade de sua vida preso. Ele então escreveu um livro a respeito de sua experiência que desagradou às autoridades penitenciárias e ganhou um prêmio literário. Mas a vida daquele homem estava terminada. Ele costumava dizer que, como estar preso era simplesmente não estar vivo, a pena de morte era o único veredito piedoso que um júri poderia pronunciar. Lembro-me de ter pensado que, na verdade, ele nunca havia saído da prisão. A prisão era a única realidade para ele; não sabia falar de outros assuntos. Todos os seus movimentos, até mesmo o ato de acender um cigarro, eram furtivos; em qualquer lugar onde ele fixasse a vista um muro se erguia. O rosto dele, a cor do rosto, fazia pensar em escuridão e umidade, e eu tinha a impressão de que, se alguém o cortasse, sua carne seria como a dos cogumelos. E ele descrevia para nós, com detalhes ávidos e nostálgicos, as janelas gradeadas, as portas gradeadas, as vigias nas portas, os guardas postados nas extremidades dos corredores, debaixo das lâmpadas. Dentro da prisão há três andares, e tudo é de um cinza metálico. Tudo escuro e frio, menos naquelas manchas de luz onde ficam as figuras de autoridade. Há no ar perpetuamente a lembrança de punhos se batendo contra o metal, uma batucada surda de possibilidades, como a possibilidade da loucura. Os guardas andam e cochicham e percorrem os corredores e sobem e descem as escadas com passos pesados. Usam uniformes negros, andam armados, estão sempre assustados, quase não ousam ser bondosos. Três andares abaixo, no centro da prisão, no seu grande e gélido coração, a atividade é incessante: os prisioneiros de confiança empurrando coisas em carrinhos, entrando e saindo dos escritórios, bajulando os guardas em troca de cigarros, álcool e sexo. A noite se aprofunda na prisão, há cochichos por toda parte, e todos sabem — de alguma maneira — que a morte vai entrar no pátio de manhã bem cedo. De manhã bem cedo, antes que os prisioneiros de confiança comecem a empurrar pelos corredores os carros contendo grandes latas de lixo cheias de comida, três homens de preto vão entrar no corredor com passos silenciosos e um deles vai enfiar a chave na fechadura. Eles vão pegar um prisioneiro e empurrá-lo pelo corredor, levando-o primeiro até o padre e depois a uma porta que se abre apenas para ele, e que vai lhe conceder, talvez, um rápido vislumbre da manhã, no instante antes de ele ser jogado de bruços sobre uma tábua e de uma lâmina cair sobre seu pescoço.

Tento imaginar qual será o tamanho da cela de Giovanni. Pergunto-me se será maior do que seu quarto. Sei que é mais fria. Pergunto-me se estará sozinho ou com mais dois ou três prisioneiros; se estará jogando cartas, ou fumando, ou conversando, ou escrevendo uma carta — para quem estaria escrevendo uma carta? — ou andando de um lado para o outro. Pergunto-me se saberá que a manhã que se aproxima será a última de sua vida. (Porque normalmente o prisioneiro não sabe; o advogado sabe e avisa a família ou os amigos, mas não diz ao prisioneiro.) Pergunto-me se estará indiferente. Sabendo ou não, indiferente ou não, sem dúvida estará sozinho. Tento vê-lo, de costas para mim, parado diante da janela da cela. De onde está, talvez só consiga ver a ala da prisão em frente à sua; talvez veja, com um pouco de esforço, por cima do muro alto, um pedaço da rua lá fora. Não sei se seu cabelo foi cortado ou se está comprido — imagino que tenha sido cortado. Pergunto-me se terá feito a barba. E agora um milhão de detalhes, provas e frutos da intimidade, me invadem a consciência. Pergunto-me, por exemplo, se ele tem vontade de ir ao banheiro, se conseguiu comer hoje, se está suando ou não. Pergunto-me se alguém fez amor com ele na prisão. E então outro pensamento me abala, sinto-me abalado, duro, seco, como uma coisa morta no deserto, e me dou conta de que torço para que Giovanni tenha encontrado abrigo nos braços de alguém esta noite. Queria que alguém estivesse aqui comigo. Eu faria amor com quem estivesse aqui, a noite toda, labutaria com Giovanni a noite toda.

Logo depois de Giovanni perder o emprego, ficamos à toa; à toa como, pode-se dizer, os alpinistas condenados ficam à toa pendurados sobre o abismo, segurados apenas por uma corda prestes a romper-se. Não escrevi para meu pai — eu adiava a carta dia após dia. Teria sido um ato definitivo demais. Eu sabia qual mentira diria a ele, e sabia que daria certo — só não sabia se seria mesmo uma mentira. Dia após dia ficávamos à toa naquele quarto, e Giovanni voltou a trabalhar na reforma. Encasquetou com a ideia maluca de que seria bom ter uma estante embutida na parede, e foi quebrando-a até chegar aos tijolos, aí começou a quebrar os tijolos. Era um trabalho duro, um trabalho sem sentido, mas eu não tinha energia nem ânimo de detê-lo. De certo modo, era por mim que fazia aquilo, para provar seu amor por mim. Queria que eu ficasse no quarto com ele. Talvez estivesse tentando, com suas próprias forças, afastar as paredes que o encerravam, sem que desabassem.

Agora — agora, é claro, vejo algo de muito belo naqueles dias, que na época foram uma verdadeira tortura. Na época, eu sentia que Giovanni estava me arrastando com ele para o fundo do mar. Ele não conseguia achar trabalho. Eu sabia que ele não estava procurando para valer, que não conseguiria fazer isso. Estava tão machucado, por assim dizer, que os olhares dos desconhecidos doíam nele como se fossem sal. Não conseguia ficar longe de mim por muito tempo. Eu era a única pessoa neste mundo frio e verde de Deus que se importava com ele, que conhecia sua voz e seu silêncio, que conhecia seus braços, e que não levava uma faca no bolso. O ônus de sua salvação, ao que parecia, recaíra sobre mim, e eu não suportava aquele fardo.

E o dinheiro foi escasseando — na verdade, desapareceu, e não escasseou, muito depressa. Giovanni tentava conter os sinais de pânico quando me perguntava a cada manhã: "Você vai ao American Express hoje?".

"Claro", respondi.

"Acha que o seu dinheiro vai ter chegado?"

"Não sei."

"O que é que estão fazendo com o seu dinheiro em Nova York?"

E no entanto, no entanto, eu não conseguia agir. Recorri a Jacques e lhe tomei emprestados dez mil francos de novo. Disse a ele que eu e Giovanni estávamos passando por um período difícil, mas que terminaria em breve.

"Foi muito bom da parte dele", disse Giovanni.

"Às vezes, ele consegue ser um homem muito bom." Estávamos num café ao ar livre perto de Odéon. Olhei para Giovanni e pensei por um momento como seria bom se Jacques o tirasse de minhas mãos.

"O que é que você está pensando?", Giovanni perguntou.

Por um momento, senti medo e vergonha. "Eu estava pensando que queria ir embora de Paris."

"Aonde você queria ir?"

"Ah, sei lá. Qualquer lugar. Não aguento mais esta cidade", explodi de repente, com uma violência que surpreendeu a nós dois. "Não aguento mais esse monte de pedras antigas e toda essa gente cretina, metida a besta. Aqui é só pôr a mão numa coisa que ela se desfaz em pedaços."

"É verdade", concordou Giovanni, num tom grave. Ele me observava com uma intensidade terrível. Obriguei-me a olhar para ele e sorrir.

"Não gostaria de sair daqui por uns tempos?", perguntei.

"Ah!", ele exclamou, e levantou as mãos por um instante, as palmas viradas para a frente, num gesto de resignação fingida. "Eu gostaria de ir pra onde você fosse. Não tenho por Paris sentimentos tão intensos quanto você de repente está manifestando. Nunca gostei muito daqui."

"A gente podia", fui dizendo — eu mal sabia o que estava dizendo —, "ir pro interior. Ou à Espanha."

"Ah", disse ele, num tom leve, "você está com saudade da sua namorada."

Senti-me culpado, irritado, cheio de amor e dor. Tinha vontade de chutar Giovanni, e tinha vontade de abraçá-lo. "Isso não é motivo pra ir à Espanha", retruquei, emburrado. "Eu só tenho vontade de conhecer o país, mais nada. Esta cidade é cara."

"Bom", ele disse, alegre, "vamos à Espanha. Quem sabe vai me lembrar da Itália."

"Você não prefere ir à Itália? Não quer visitar a sua casa?"

Giovanni sorriu. "Acho que não tenho mais casa lá." E em seguida: "Não. Não quero ir pra Itália — talvez, pensando bem, pelo mesmo motivo que você não quer ir pros Estados Unidos".

"Mas eu *vou* pros Estados Unidos", apressei-me a dizer. Ele olhou para mim. "Quer dizer, não tenho dúvida que vou voltar pra lá algum dia."

"Algum dia", ele repetiu. "Tudo de ruim vai acontecer — algum dia."

"Ruim por quê?"

Giovanni sorriu. "Porque você vai voltar pra casa e então vai descobrir que não é mais a sua casa. Aí é que você vai ficar mal mesmo. Enquanto estiver aqui, você pode sempre pensar: um dia vou voltar pra casa." Ele brincou com meu polegar e sorriu. "*N'est-ce pas?*"

"Bela lógica", retruquei. "Quer dizer que eu tenho uma casa pra onde posso voltar, desde que não vá pra lá?"

Ele riu. "Mas não é isso mesmo? Você só passa a ter uma casa quando vai embora dela, e depois, quando foi embora, você nunca mais pode voltar."

"Acho que já ouvi essa música antes."

"Ah, não tem dúvida", respondeu Giovanni, "e aposto que você vai voltar a ouvir outras vezes. É uma dessas músicas que vai ter sempre alguém em algum lugar cantando."

Levantamo-nos e saímos a caminhar. "E o que acontece", perguntei, à toa, "se eu fechar os ouvidos?"

Ele ficou calado por um bom tempo. Então: "Às vezes, você age como o tipo de pessoa que se sente tentada a ir pra cadeia pra não ser atropelada por um carro".

"Isso", retruquei, irritado, "se aplica muito mais a você do que a mim."

"Como assim?"

"Estou falando sobre aquele quarto, aquele quarto horroroso. Por que você vive enterrado nele há tanto tempo?"

"Enterrado? Me desculpe, *mon cher américain*, mas Paris não é como Nova York; aqui não tem um monte de palácios pra rapazes como eu. Acha que eu devia estar morando em Versalhes?"

"Tem que haver — tem que haver outros quartos."

"*Ça ne manque pas, les chambres.* O mundo está cheio de quartos — quartos grandes, pequenos, redondos, quadrados, quartos bem altos e bem baixos —, tem quarto de tudo que é tipo! Em que tipo de quarto você acha que o Giovanni deveria morar? Quanto tempo acha que levei pra encontrar o quarto onde estou? E desde quando, desde quando" — ele parou e golpeou meu peito com o indicador — "você odeia tanto o quarto? Desde quando? Desde ontem, desde sempre? *Dis-moi.*"

Ao encará-lo, hesitei. "Não odeio o quarto. Eu… não quis magoar você."

Ele deixou caírem as mãos. Arregalou os olhos. Riu. "Me *magoar*! Quer dizer que pra você eu agora virei um desconhecido, a ponto de falar comigo assim, com toda essa polidez americana?"

"Só estou dizendo, meu querido, que seria bom se a gente pudesse se mudar."

"E podemos. Amanhã mesmo! Vamos pra um hotel. É isso que você quer? *Le Crillon peut-être?*"

Suspirei, sem ter o que dizer, e retomamos nossa caminhada.

"Já sei", ele explodiu, depois de um momento, "já sei! Você quer ir embora de Paris, quer ir embora do quarto — ah! Como você é mau. *Comme tu es méchant!*"

"Você me entendeu mal", retruquei. "Você me entendeu mal."

Ele sorriu com tristeza, para si próprio. "*J'espère bien.*"

Mais tarde, quando estávamos de novo no quarto, colocando num saco os tijolos soltos que Giovanni havia arrancado da parede, ele me perguntou: "Essa sua namorada — você tem tido notícias dela recentemente?".

"Recentemente, não", respondi, sem olhar para Giovanni. "Mas ela deve chegar a Paris qualquer dia desses."

Ele se pôs de pé, no centro do quarto, debaixo da lâmpada, olhando para mim. Também me pus de pé, com um meio sorriso, mas, ao mesmo tempo, de algum modo estranho e obscuro, um pouco amedrontado.

"*Viens m'embrasser*", ele pediu.

Eu tinha nítida consciência de que Giovanni estava segurando um tijolo, de que eu também estava segurando um tijolo. Por um momento, tive a sensação de que, se não me aproximasse dele, usaríamos os tijolos para nos atacarmos até a morte.

E no entanto não consegui me mexer de imediato. Nós nos entreolhávamos separados por um espaço estreito cheio de perigos, que quase parecia rugir, como uma labareda.

"Vem", Giovanni disse.

Larguei meu tijolo e fui até ele. Logo em seguida, ouvi o outro tijolo caindo no chão. Em momentos como aquele, eu tinha a impressão de que estávamos apenas sofrendo e cometendo uma espécie mais prolongada, menor e mais perpétua, de assassinato.

4

Finalmente chegou a mensagem que eu aguardava, de Hella, avisando o dia e a hora em que ela chegaria a Paris. Não contei nada a Giovanni, porém saí sozinho naquele dia e fui até a estação recebê-la.

Eu nutria a esperança de que, assim que a visse, alguma coisa instantânea e definitiva aconteceria comigo, alguma coisa que me faria saber onde eu deveria estar e onde estava. Mas não aconteceu nada. Reconheci-a de imediato, antes que me visse. Estava de verde, o cabelo um pouco mais curto, o rosto bronzeado, e com o mesmo sorriso brilhante. Eu a amava tanto quanto antes, e continuava sem saber o quanto a amava.

Quando ela me viu, ficou imobilizada na plataforma, as mãos entrelaçadas à sua frente, numa pose de rapaz, com as pernas bem abertas, sorrindo. Por um momento, nós nos limitamos a olhar um para o outro.

"Eh bien", disse ela, *"t'embrasse pas ta femme?"*

Então abracei-a, e alguma coisa aconteceu. Senti uma felicidade tremenda por estar com ela. Realmente me parecia que, abraçando Hella, meus braços haviam voltado para casa e eu a estava recebendo neles. Encaixava-se bem ali, como sempre, e o choque de segurá-la me fazia sentir que meus braços estavam vazios desde que ela havia se afastado de mim.

Abracei-a bem apertado naquele galpão de teto alto, escuro, com uma grande confusão de pessoas ao nosso redor, bem ao lado do trem que ainda resfolegava. Hella cheirava a vento e mar e espaço, e senti no seu corpo maravilhosamente vivo a possibilidade de uma entrega verdadeira.

Então se afastou. Seus olhos estavam marejados. "Me deixa olhar pra você." Ela me segurou e esticou os braços, examinando meu rosto. "Ah. Você está com uma cara ótima. É muito bom ver você de novo."

Beijei-a de leve no nariz e senti que havia sido aprovado na primeira inspeção. Peguei suas malas e fomos andando em direção à saída. "Fez boa viagem? E como foi lá em Sevilha? Gostou das touradas? Conheceu algum toureiro? Me conta tudo."

Ela riu. "Contar tudo é pedir muito. A viagem foi horrível, eu detesto trem, preferia ter vindo de avião, mas já andei num avião espanhol uma vez e jurei que nunca, nunca mais. Ele chacoalhava, meu amor, em pleno voo, que nem um Ford Bigode — imagino que era mesmo um Ford Bigode antes de virar avião —, e eu fiquei rezando e bebendo conhaque. Tinha certeza de que nunca mais ia voltar a ver terra firme." Passamos pela cancela e saímos à rua. Hella olhava à sua volta deliciada, vendo os cafés, as pessoas compenetradas, o engarrafamento violento, o guarda de trânsito de boné azul e seu cassetete de um branco reluzente. "Voltar a Paris", ela disse, depois de um momento, "é sempre uma maravilha, aonde quer que se tenha ido." Pegamos um táxi e nosso motorista, fazendo uma curva larga e arriscada, entrou no fluxo do trânsito. "Eu imagino que, mesmo quando a gente volta pra cá no meio de um sofrimento terrível, daria pra... bom, seria possível se reconciliar aqui."

"Esperemos", comentei, "nunca submeter Paris a essa prova."

O sorriso dela era ao mesmo tempo alegre e melancólico. "Esperemos." Então ela segurou meu rosto de repente entre as mãos e me beijou. Havia em seus olhos uma grande pergunta, e eu sabia que ela estava ansiosa para ter uma resposta. Mas eu ainda não podia fazer isso. Apertei-a com força e beijei-a, fechando os olhos. Entre nós, tudo estava como sempre havia sido, e ao mesmo tempo tudo era diferente.

Eu disse a mim mesmo que não ia pensar em Giovanni, não agora, ainda não ia me preocupar com ele; pelo menos naquela noite, Hella e eu ficaríamos juntos sem que nada nos separasse. Mas eu sabia muito bem que não era possível: ele já havia nos separado. Tentava não pensar nele sozinho naquele quarto, perguntando-se por que eu estava demorando tanto para voltar.

Mais tarde, estávamos sentados no quarto de Hella na Rue de Tournon, tomando Fundador. "É doce demais", comentei. "É isso que se bebe na Espanha?"

"Nunca vi nenhum espanhol bebendo isso", ela respondeu, rindo. "O que eles bebem é vinho. E eu bebia gim-tônica — lá na Espanha, não sei por que, eu achava que era uma bebida saudável." E riu de novo.

Eu a beijava e segurava, tentando encontrar o caminho de volta a ela, como se Hella fosse um quarto bem conhecido, no escuro, em que eu procurasse o interruptor. Com meus beijos, estava também tentando adiar o momento em que ia me comprometer com ela, ou romper nosso compromisso. Mas creio que Hella achava que a indefinição que nos constrangia fora causada por ela, e que só ela a sentia. Certamente estava pensando que minhas cartas haviam rareado cada vez mais durante sua viagem. Na Espanha, até quase o final, aquilo provavelmente não a preocupara; fora só no momento em que chegara a uma decisão que começara a temer que eu talvez tivesse tomado uma que fosse o contrário da que ela havia tomado. Talvez ela tivesse me mantido à espera por um tempo excessivo.

Por natureza, Hella era direta e impaciente; sofria quando as coisas não estavam de todo claras; e no entanto se obrigava a esperar que viesse de mim alguma palavra ou sinal, mantendo as rédeas de seu desejo impetuoso bem seguras nas mãos.

Eu queria obrigá-la a soltar as rédeas. De algum modo, não conseguiria dizer nada enquanto não a possuísse de novo. Tinha esperança de queimar, através de Hella, minha imagem de Giovanni e a realidade de seu contato físico — queria apagar fogo com fogo. No entanto, a consciência do que eu estava fazendo me deixava ambíguo. Por fim ela me perguntou, com um sorriso: "Será que fiquei longe de você por um tempo demais?".

"Não sei", respondi. "Foi muito tempo."

"Foi um tempo de muita solidão", ela disse, inesperadamente. Afastou-se um pouco de mim, deitada de lado, olhando para a janela. "Eu me sentia muito sem rumo — que nem uma bola de tênis, quicando, quicando —, já não sabia mais aonde ia parar. Comecei a achar que em algum momento havia perdido o barco." Olhou para mim. "Você sabe a que barco estou me referindo. Na minha terra fazem filmes sobre ele. É aquele barco que, depois que você perde, é um barco, mas quando chega é um navio." Eu a observava. Nunca vira seu rosto tão imóvel.

Perguntei, nervoso: "Então você não gostou nem um pouco da Espanha?".

Ela passou uma das mãos, impaciente, pelos cabelos. "Ah. Claro que gostei da Espanha, por que não haveria de gostar? É um país lindo. Só que eu não sabia o que estava fazendo lá. E estou começando a me cansar de estar em lugares sem nenhum motivo em particular."

Acendi um cigarro e sorri. "Mas você foi à Espanha pra se afastar de mim — lembra?"

Ela sorriu e acariciou-me o rosto. "Não fui muito boa com você, não é?"

"Você foi muito honesta." Levantei-me e afastei-me um pouco. "Conseguiu pensar bastante, Hella?"

"Eu falei naquela carta — então você não lembra?"

Por um momento tudo ficou inteiramente imóvel. Até os ruídos distantes da rua emudeceram. Eu estava de costas para ela, porém sentia seu olhar. Sentia que esperava — tudo parecia estar esperando.

"Aquela carta não me deu muita segurança." Eu estava pensando: *Talvez eu consiga sair dessa sem ter que lhe contar nada.* "Você foi tão… brusca… eu não sabia se estava feliz ou triste por voltar pra mim."

"Ah", disse ela, "mas nós sempre fomos assim, bruscos. Não tinha outra maneira de dizer aquilo. Eu tinha medo de deixar você constrangido — não entende isso?"

O que eu queria dar a entender era que ela estava me aceitando por desespero, menos por me desejar do que por eu estar à mão. Mas não consegui. Parecia-me que, ainda que talvez fosse verdade, ela não tinha mais consciência do fato.

"Mas", disse Hella, cautelosa, "pode ser que você agora tenha mudado de ideia. Por favor, me diga se isso é verdade." Esperou que eu respondesse por um momento. Em seguida: "Sabe, no fundo não sou a moça independente que tento ser, longe disso. Acho que só quero mesmo é ter alguém que volte pra mim todas as noites. Quero poder dormir com um homem sem ter medo de que ele me engravide. Ora, eu quero é engravidar. Quero começar a ter filhos. No fundo, só sirvo mesmo pra isso". Fez-se silêncio outra vez. "É o que você quer?"

"É", respondi. "É o que eu sempre quis."

Virei-me de frente para ela, num movimento muito rápido, como se mãos fortes pousassem no meu ombro e me virassem.

Estava escurecendo dentro do quarto. Deitada na cama, Hella me olhava, a boca entreaberta, os olhos brilhando. Eu tinha uma consciência terrível do seu corpo, e do meu. Fui até ela e encostei a cabeça em seu peito. Queria ficar deitado ali, escondido, imóvel. Mas então senti que, no seu íntimo, ela se mexia, corria para abrir os portões de sua cidade murada, para que entrasse o rei da glória.

Caro papai, escrevi, não vou mais guardar segredos de você. Encontrei uma garota e quero me casar com ela. Eu não estava escondendo isso de você, mas é que não tinha certeza que ela queria casar comigo. Mas finalmente ela topou correr o risco, de boba que é, coitada, e estamos planejando juntar os trapinhos enquanto ainda estamos aqui, então vamos voltar pra casa aos poucos. Ela não é francesa, caso você esteja preocupado com essa possibilidade (sei que você não tem nada contra os franceses, é só que acha que eles não têm as nossas virtudes — e, eu acrescentaria, eles não têm mesmo). Enfim, a Hella — Hella Lincoln, ela é de Minneapolis e seus pais ainda moram lá, ele é advogado de empresa, a mãe é só dona de casa — quer passar a lua de mel aqui, e nem preciso dizer que o que ela quer eu também quero. Então é isso. Agora, mande por favor para o seu filho querido o dinheiro que ele tanto fez por merecer. Tout de suite. Isso em francês quer dizer: imediatamente.

A Hella — ela é mais bonita do que parece na foto — veio para cá uns dois anos atrás para estudar pintura. Então descobriu que não era pintora, e quando estava a ponto de pular no Sena nós nos conhecemos, e o resto, como se diz, é história. Tenho certeza de que você vai gostar dela, papai, e ela de você. Hella já fez de mim um homem muito feliz.

* * *

Hella e Giovanni se conheceram por acaso, quando ela já estava em Paris fazia três dias. Durante aqueles três dias, eu não o vira nem mencionara seu nome.

Havíamos passado o dia inteiro perambulando pela cidade, e o dia inteiro Hella havia falado sobre um assunto a respeito do qual eu nunca a ouvira se estender tanto: as mulheres. Ela afirmava que ser mulher era difícil.

"Não vejo qual é a dificuldade em ser mulher. Quer dizer, desde que se tenha um homem."

"Pois é justamente isso", ela retrucou. "Você nunca pensou que é uma espécie de necessidade humilhante?"

"Ora, faça-me o favor", disse eu. "Nenhuma das mulheres que conheci parecia se sentir humilhada por isso."

"Pois tenho certeza que você nunca pensou em nenhuma delas — sob este ângulo."

"E não pensei, mesmo. E espero que elas também não tenham pensado. E você? Qual é a *sua* queixa?"

"Não tenho *queixa*", disse ela, cantarolando no fundo da garganta uma alegre melodia mozartiana. "Não tenho queixa nenhuma. Mas, enfim, me parece… Sei lá, difícil, ficar à mercê de um desconhecido grosseiro e barbudo pra que se possa começar a ser você mesma."

"Não gostei", retruquei. "Desde quando sou grosseiro? Ou um desconhecido? É bem verdade que preciso fazer a barba, mas a culpa é sua, não consigo desgrudar de você." Sorri e beijei-a.

"É, agora você pode não ser um desconhecido. Mas antes era, e tenho certeza que vai voltar a ser — muitas vezes."

"Nesse sentido, você também vai ser, pra mim."

Ela me olhou com um sorriso rápido e luminoso. "É mesmo?" Em seguida: "Mas o que estou dizendo em relação a ser mulher é que a gente pode se casar agora e ficar casados cinquenta anos, e eu posso ser uma desconhecida durante todo esse tempo sem que você se dê conta disso".

"Mas e se *eu* fosse um desconhecido — você se daria conta?"

"Pra uma mulher", ela respondeu, "acho que todo homem é sempre um desconhecido. E tem alguma coisa terrível em estar à mercê de um desconhecido."

"Mas os homens também estão à mercê das mulheres. Você nunca pensou nisso?"

"Ah! Os homens podem estar à mercê das mulheres — acho que até gostam dessa ideia, que apela pro lado misógino deles. Mas se um *homem* específico está à mercê de uma *mulher* específica — então nesse caso ele de algum modo deixou de ser homem. E a mulher está mais presa na arapuca do que nunca."

"Você quer dizer que eu não posso estar à sua mercê, mas você pode estar à minha mercê?" Eu ri. "Queria era ver você à mercê de *qualquer* pessoa, Hella."

"Você pode rir", disse ela, bem-humorada, "mas isso que estou dizendo faz sentido. Comecei a perceber lá na Espanha — que eu não era livre, que só podia ser livre quando estivesse ligada — não, *comprometida* — com alguém."

"Com alguém? Não com alguma *coisa*?"

Ela se calou. Por fim: "Não sei, mas estou começando a achar que as mulheres só se comprometem com uma *coisa* por carência. Se pudessem, abririam mão disso na mesma hora em troca de um homem. É claro que elas não podem admitir esse fato, e a maioria não pode abrir mão do que tem. Mas acho que isso pra mulher é a morte — ou talvez o que eu queira dizer", ela acrescentou depois de um momento, "é que pra mim seria a morte".

"O que é que você quer, Hella? O que é que você tem agora que faz tanta diferença?"

Ela riu. "Não se trata do que eu *tenho*. Nem mesmo do que eu *quero*. A questão é que *você* me tem. E agora eu posso ser — a sua criada obediente e amorosa."

Eu me sentia frio. Balancei a cabeça, fingindo confusão. "Não sei do que você está falando."

"Ora, estou falando sobre a minha vida. Tenho você pra cuidar e alimentar e atormentar e enganar e amar — tenho você pra aturar. De agora em diante, posso me divertir à beça me queixando de ser mulher. Mas não vou morrer de medo de *não* ser mulher." Olhou-me no rosto e riu. "Ah, mas vou fazer *outras* coisas também", exclamou. "Não vou deixar de ser inteligente. Vou ler, discutir, *pensar* e tudo o mais — e vou fazer questão de *não* pensar igual a você —, e você vai gostar, porque tenho certeza de que a confusão que isso vai dar vai fazer com que entenda que só tenho uma mente feminina finita, no final das contas. E, se Deus é bom, você vai me amar cada vez mais e vamos ser bem felizes." Ela riu outra vez. "Não esquente a cabeça com isso, meu amor. Deixe comigo."

O bom humor de Hella era contagiante, e balancei a cabeça de novo, rindo com ela. "Você é um amor, mas não te entendo nem um pouco."

Ela riu outra vez. "Está ótimo assim. Estamos nos entrosando às mil maravilhas."

Estávamos passando por uma livraria, e ela parou. "Vamos entrar um minutinho?", perguntou. "Estou querendo comprar um livro." E acrescentou, enquanto entrávamos na loja: "Um livro bem trivial".

Fiquei olhando para ela, sorridente, vendo-a abordar a vendedora. Fui andando até a estante no final da loja, onde um homem estava de costas, folheando uma revista. Quando parei a seu lado, ele fechou a revista e largou-a, virando-se. Nós nos reconhecemos na mesma hora. Era Jacques.

"*Tiens!*", ele exclamou. "Você por aqui! Nós estávamos começando a pensar que você tinha voltado para a América."

"Eu?", respondi, rindo. "Não, continuo em Paris. É que andei ocupado." Então, tomado por uma suspeita terrível, indaguei: "*Nós* quem?".

"Ora", disse Jacques, com um sorriso duro e insistente, "o seu amor. Pelo visto, você deixou o coitado sozinho naquele quarto sem comida, dinheiro nem mesmo cigarros. Acabou conseguindo convencer a *concierge* a deixar que ele desse um telefonema na conta dele e ligou para mim. O pobrezinho me deu a impressão que era bem capaz de enfiar a cabeça dentro do forno a gás. Quer dizer", acrescentou, rindo, "se tivesse forno a gás."

Ficamos a nos entreolhar. Deliberadamente, ele não disse nada. Eu não sabia o que dizer.

"Pus uns mantimentos no meu carro", prosseguiu Jacques, "e fui correndo ter com ele. Giovanni queria que a gente mandasse dragar o rio para encontrar você. Mas garanti que ele não conhecia os americanos tão bem quanto eu, e que você não havia se afogado. Que só tinha sumido pra... pensar. E pelo visto eu tinha razão. Pensou tanto que agora tem que descobrir o que os outros pensaram antes de você." E concluiu: "Mas tem um livro que você não precisa se dar o trabalho de ler: o do Marquês de Sade".

"E onde está o Giovanni?", perguntei.

"Acabei lembrando o nome do hotel da Hella", disse Jacques. "O Giovanni me disse que você estava mais ou menos à espera da chegada dela, e lhe dei a brilhante sugestão de procurar você lá. Ele foi agora mesmo fazer isso. Daqui a pouquinho está aqui."

Hella havia voltado com o livro.

"Vocês dois já se conhecem", disse eu, constrangido. "Hella, você se lembra do Jacques."

Ela se lembrava, e também se lembrava de que não gostava dele. Sorriu de modo polido e lhe estendeu a mão. "Como vai?"

"*Je suis ravi, mademoiselle*", Jacques respondeu. Ele sabia que Hella não gostava dele, e achava graça naquilo. E, para corroborar a antipatia que inspirava nela, e também porque naquele momento realmente me odiava, fez uma mesura profunda diante da mão que Hella lhe oferecia e se transformou, no mesmo instante, numa figura exagerada e ofensivamente afeminada. Eu o observava como se estivesse vendo uma catástrofe a se aproximar, vindo de uma distância de muitos quilômetros. Jacques virou-se para mim, jocoso. "O David está escondendo você de nós", murmurou, "agora que você voltou."

"É mesmo?", disse Hella, e se aproximou de mim, segurando minha mão. "É muito feio da parte dele. Eu não deixaria ele fazer isso — se soubesse que estávamos nos escondendo." Sorriu. "Mas ele nunca me conta nada."

Jacques olhou para ela. "Com certeza, ele tem assuntos muito mais fascinantes para conversar com você do que o motivo pelo qual se esconde dos velhos amigos."

Eu sentia uma necessidade forte de sair dali antes que Giovanni chegasse. "Ainda não jantamos", argumentei, tentando sorrir. "Que tal nos encontrarmos depois?" Eu sabia que o meu sorriso era uma maneira de pedir a Jacques que tivesse piedade de mim.

Mas naquele momento soou o discreto sino que anunciava a entrada de uma pessoa na loja, e Jacques disse: "Ah. Lá está o Giovanni". De fato, senti sua presença atrás de mim, totalmente imóvel, olhando fixamente, e senti na mão de Hella, em todo o seu corpo, uma espécie de contração violenta, e apesar de seu autocontrole ela não conseguiu impedir que seu rosto espelhasse essa reação. Quando Giovanni falou, sua voz estava embargada de raiva, alívio e lágrimas reprimidas.

"Onde que você estava?", ele exclamou. "Pensei que tinha morrido! Pensei que tinha sido atropelado ou jogado dentro do rio — o que é que você esteve fazendo esses dias todos?"

Consegui, curiosamente, sorrir. Eu mesmo me espantei com minha tranquilidade. "Giovanni, quero te apresentar à minha noiva, mademoiselle Hella. Monsieur Giovanni."

Ele já a tinha visto antes de terminar sua explosão, e tocou-lhe a mão com uma polidez muda e atônita, olhando-a com olhos negros e fixos, como se jamais tivesse visto uma mulher.

"*Enchanté, mademoiselle*", disse, com uma voz morta e fria. Olhou de relance para mim, depois para Hella. Por um momento, nós quatro ficamos parados, como se posando para um tableau.

"Bem", disse Jacques, "agora que estamos todos juntos, acho que devíamos tomar um drinque. Uma coisa bem rápida", acrescentou para Hella, impedindo sua tentativa de recusar o convite polidamente e segurando-a pelo braço. "Não é todo dia que velhos amigos se reúnem." Jacques nos obrigou a andar, ele com Hella, eu com Giovanni à frente. O sino soou, feroz, quando Giovanni abriu a porta. O ar da noite nos atingiu como uma chama. Saímos na direção oposta ao rio, rumo ao bulevar.

"Quando resolvo sair de um lugar", disse Giovanni, "aviso a *concierge*, pra que ela pelo menos possa encaminhar minha correspondência."

Tive uma rápida e infeliz explosão. Eu havia reparado que Giovanni estava barbeado e usava uma camisa branca limpa e uma gravata — uma gravata que sem dúvida pertencia a Jacques. "Não sei do que você está reclamando. Você sabia muito bem onde me encontrar."

Mas o olhar que ele me dirigiu então fez com que minha

irritação passasse e me deu vontade de chorar. "Você não é bom. *Tu n'est pas chic du tout.*" Em seguida, não disse mais nada, e caminhamos até o bulevar em silêncio. Ouvíamos a voz de Jacques murmurando atrás de nós. Paramos na esquina para que eles nos alcançassem.

"Meu bem", disse Hella, quando chegou até mim, "pode ficar e tomar um drinque se quiser, mas eu não posso, não posso mesmo, não estou me sentindo nada bem." Virou-se para Giovanni. "Perdão, mas acabo de chegar da Espanha e praticamente nem me sentei desde que saltei do trem. Fica pra próxima, sério — mas eu *tenho* que dormir esta noite." Ela sorriu e estendeu-lhe a mão, mas ele pareceu não a ver.

"Vou levar Hella até o hotel", disse eu, "depois volto. Se vocês me disserem onde vão estar."

Giovanni riu abruptamente. "Ora, vamos estar aqui no pedaço. Não vai ser difícil nos encontrar."

"É uma pena", disse Jacques a Hella, "que você não esteja se sentindo bem. Quem sabe em outra ocasião." E curvou-se sobre a mão de Hella, que continuava estendida, insegura, beijando-a pela segunda vez. Empertigou-se e olhou para mim. "Você precisa levar a Hella para jantar lá em casa uma noite dessas." Fez uma careta. "Não há motivo pra esconder a sua noiva de nós."

"Não há, não", disse Giovanni. "Ela é muito encantadora. E nós" — ele sorriu para Hella — "vamos tentar ser encantadores também."

"Bem", eu disse, tomando Hella pelo braço, "até mais."

"Se eu não estiver lá", disse Giovanni, ao mesmo tempo vingativo e quase chorando, "quando você voltar, estarei em casa. Você lembra onde é? Perto do jardim zoológico."

"Eu lembro", respondi. Comecei a andar para trás, como quem sai de uma jaula. "Até mais. *À tout à l'heure.*"

"À *la prochaine*", disse Giovanni.

Eu sentia os olhares deles fixos em nós enquanto nos afastávamos. Por um bom tempo Hella permaneceu calada — talvez porque ela, tal como eu, tivesse medo de dizer alguma coisa. Por fim: "Eu realmente não suporto esse homem. Ele me dá calafrios". Após um momento: "Eu não sabia que você tinha estado com ele tanto assim durante a minha ausência".

"Não estive, não", retruquei. Para ter algo que fazer com as mãos, para me dar um momento de privacidade, parei e acendi um cigarro. Conferi o olhar de Hella. Não estava desconfiada, e sim apenas incomodada.

"E quem é Giovanni?", ela perguntou, quando retomamos a caminhada. Soltou um riso curto. "Acabo de me dar conta de que nem perguntei onde você estava morando. Com ele?"

"A gente estava dividindo um quarto de empregada na periferia de Paris", respondi.

"Então você não agiu direito", disse Hella, "de sumir tanto tempo sem avisar."

"Mas, meu Deus", retruquei, "ele é só meu companheiro de quarto. Como eu ia saber que ele ia querer dragar o rio só porque sumi por duas noites?"

"O Jacques disse que você deixou o rapaz sem dinheiro, sem cigarros, sem nada, e que nem disse a ele que ia ficar comigo."

"Tem muita coisa que eu não disse a ele. Mas nunca vi o Giovanni fazer uma cena antes — deve estar bêbado, imagino. Vou conversar com ele depois."

"Vai encontrar com eles mais tarde?"

"Bom, se eu não for, vou lá no quarto. Estou querendo ir há algum tempo." Sorri. "Preciso fazer a barba."

Hella suspirou. "Eu não queria fazer seus amigos se irritarem com você. Vá tomar um drinque com eles. Você disse que ia."

"Talvez eu vá, talvez não vá. Não sou casado com eles, não é?"

"É, mas o fato de que vai se casar *comigo* não quer dizer que você tem que faltar aos compromissos com os seus amigos." Acrescentou depois: "Não quer dizer nem que eu preciso *gostar* dos seus amigos".

"Hella, tenho total consciência disso."

Saímos do bulevar, seguindo em direção ao hotel.

"Ele é muito emotivo, não é?", Hella comentou. Eu estava olhando para o vulto escuro do Senado, que ficava no alto da nossa rua, uma ladeira suave e escura.

"Ele quem?"

"O Giovanni. Pelo visto, ele gosta muito de você."

"Ele é italiano", expliquei. "Os italianos são teatrais."

"Pois este", disse ela, rindo, "deve ser em especial, até mesmo na Itália! Há quanto tempo você está morando com ele?"

"Uns dois meses." Joguei fora o cigarro. "Fiquei sem dinheiro quando você estava na Espanha — você sabe, eu ainda estou aguardando uma remessa —, e fui morar com ele porque era mais barato. Naquela época Giovanni tinha emprego, e morava com a namorada a maior parte do tempo."

"Ah, ele tem uma namorada?"

"Tinha", respondi. "Tinha emprego também. Perdeu os dois."

"Coitado", disse ela. "Por isso que parece tão perdido."

"Ele vai sair dessa", comentei, sucinto. Estávamos diante da porta do hotel. Hella apertou a campainha noturna.

"Ele é muito amigo do Jacques?", perguntou.

"Talvez menos do que o Jacques gostaria."

Ela riu. "Sempre sinto um vento gelado quando me vejo na presença de um homem que tem tanta aversão às mulheres quanto o Jacques."

"Pois então", disse eu, "vamos manter o Jacques longe de você. Não quero nenhum vento gelado soprando nesta garota."

Beijei-a na ponta do nariz. Neste momento ouviu-se um ruído no interior do hotel, e a porta destrancou-se com um leve e súbito estremecimento. Hella olhou para a escuridão interior, bem-humorada. "Eu sempre me pergunto se tenho coragem de entrar." Olhou para mim. "E então? Quer tomar um drinque comigo antes de encontrar os seus amigos?"

"Claro", respondi. Entramos no hotel na ponta dos pés, fechando a porta delicadamente. Meus dedos por fim encontraram a *minuterie*, e uma luz fraca e amarelada derramou-se sobre nós. Uma voz, totalmente ininteligível, gritou conosco, e em resposta Hella gritou seu próprio nome, tentando pronunciá-lo com um sotaque francês. Enquanto subíamos a escada, começamos a rir como duas crianças. Não conseguimos encontrar o interruptor em nenhum dos patamares da escada — não sei por que esse fato nos pareceu tão engraçado, mas foi o que aconteceu, e subimos abraçados, rindo, até o quarto de Hella, no último andar.

"Me fala sobre o Giovanni", ela pediu, bem mais tarde, quando, deitados na cama, víamos a noite escura repuxar as cortinas brancas e rígidas do quarto. "Ele me interessa."

"Um comentário bem inconveniente pra fazer agora", retruquei. "Que história é essa de dizer que ele te interessa?"

"Quer dizer, quem ele é, o que é que ele pensa. Como ele ficou com essa cara."

"O que é que tem a cara dele?"

"Nada. Ele é muito bonito, aliás. Mas tem uma coisa no rosto dele — uma coisa muito antiquada."

"Dorme", disse eu. "Você está delirando."

"Como é que vocês se conheceram?"

"Ah. Num bar, numa noite de muita bebedeira, com um monte de gente."

"O Jacques estava lá?"

"Não lembro. É, acho que estava, sim. Acho que ele conheceu o Giovanni no mesmo dia que eu."

"Por que é que você foi morar com ele?"

"Já disse. Eu estava duro, ele tinha um quarto…"

"Mas não pode ter sido só por isso."

"Ah, eu gostei dele."

"E não gosta mais?"

"Tenho muito carinho pelo Giovanni. Você não o viu num bom momento, mas ele é um cara muito legal." Eu ri; encoberto pela noite, encorajado pelo corpo de Hella e pelo meu próprio, protegido pelo tom da minha voz, senti um grande alívio ao acrescentar: "Na verdade, gosto muito dele. Muito mesmo".

"Ele parece achar que você demonstra isso de um modo estranho."

"Ah, essas pessoas têm um estilo diferente do nosso. Demonstram muito mais o afeto. Mas eu não consigo. Não consigo… ser assim."

"É verdade", ela concordou, pensativa, "reparei nisso."

"Reparou no quê?"

"Os jovens aqui — eles acham normal demonstrar muita afeição. No começo é chocante. Depois você começa a achar simpático."

"E é mesmo", disse eu.

"Bom", disse Hella, "acho que a gente devia convidar o Giovanni pra jantar um dia desses. Afinal, ele salvou você, de certo modo."

"É uma boa ideia. Não sei como estão as coisas, mas imagino que deva ter uma noite livre."

"Ele anda muito com o Jacques?"

"Não, acho que não. Devem ter se encontrado por acaso hoje." Fiz uma pausa. "Estou começando a entender", comecei, cauteloso, "que rapazes como o Giovanni ficam numa situação difícil. Isto aqui, você sabe, não é a terra da oportunidade — não há nada pra eles. O Giovanni é pobre, quer dizer, é de uma família pobre, e não sabe fazer muita coisa. No que ele *sabe* fazer, a concorrência é enorme. E o pagamento é muito pouco, não dá pra pensar em construir um futuro. É por isso que tem tantos rapazes assim andando pelas ruas, virando gigolô, gângster, Deus sabe o que mais."

"É frio", disse ela, "aqui no Velho Mundo."

"Mas também é frio no Novo", retruquei. "O mundo é frio."

Ela riu. "Mas nós — nós temos nosso amor pra nos aquecer."

"Não somos as primeiras pessoas no mundo a ter esse pensamento deitadas na cama." Assim mesmo, ficamos calados e imóveis, abraçados, por algum tempo. "Hella", disse eu por fim.

"O quê?"

"Hella, quando o dinheiro chegar, vamos cair fora de Paris."

"Cair fora de Paris? Aonde você quer ir?"

"Qualquer lugar. Quero é cair fora. Enjoei de Paris. Quero dar um tempo longe daqui. Vamos pro sul. Quem sabe lá tem um pouco de sol."

"Vamos nos casar no sul?"

"Hella, vá por mim, não consigo fazer nada nem decidir nada. Não consigo nem enxergar direito até a gente ir embora desta cidade. Não quero me casar aqui; não quero nem pensar em me casar aqui. Vamos cair fora."

"Eu não sabia que você estava se sentindo assim", disse ela.

"Estou morando no quarto de Giovanni há meses", expliquei, "e não aguento mais. Preciso sair de lá. Por favor."

Ela deu um riso nervoso e se afastou um pouco de mim. "Mas não entendo por que sair do quarto de Giovanni implica ir embora de Paris."

Suspirei. "Por favor, Hella. Não quero entrar numa explicação longa agora. Talvez seja só porque se eu ficar em Paris vou a toda hora esbarrar no Giovanni, e…" Parei.

"E por que é que isso incomoda você?"

"Bem… não tenho como ajudar o Giovanni, e não suporto a ideia de ele ficar me olhando… como se… eu sou americano, Hella, ele acha que eu sou *rico*." Fiz uma pausa e sentei-me na cama, olhando para fora. Ela me observava. "Ele é uma pessoa muito legal, mas, como eu já disse, é muito persistente — e tem uma *cisma* comigo, acha que sou Deus. E aquele quarto é tão sujo e fedorento. Daqui a pouco chega o inverno e vai ficar frio…" Virei-me de novo para Hella e a abracei. "Olha. Vamos embora. Depois eu te explico um monte de coisas… depois… que a gente for embora."

Fez-se um silêncio prolongado.

"E você quer ir embora imediatamente?", ela perguntou.

"Quero. Assim que o dinheiro chegar, vamos alugar uma casa."

"Tem certeza de que não quer voltar logo pros Estados Unidos?"

Gemi. "Não. Ainda não. Não é isso que eu quero."

Ela me beijou. "Posso ir pra qualquer lugar, desde que esteja com você." Então me empurrou. "O dia está quase nascendo. Melhor a gente dormir um pouco."

Cheguei ao quarto de Giovanni bem tarde na noite seguinte. Antes caminhei à margem do rio com Hella, depois bebi demais numa série de bistrôs. A luz explodiu quando entrei no quarto e Giovanni sentou-se na cama, gritando com uma voz apavorada: "*Qui est là? Qui est là?*".

Parei na porta, cambaleando um pouco com o excesso de luz, então disse: "Sou eu, Giovanni. Cala a boca".

Ele olhou-me fixamente e virou-se de lado, de frente para a parede, então começou a chorar.

Pensei: *Ah, Deus do céu!* Fechei a porta com cuidado. Tirei os cigarros do bolso do paletó, que pendurei no encosto da cadeira. Com os cigarros na mão, fui até a cama e debrucei-me sobre Giovanni. "Meu amor, para de chorar. Por favor, para de chorar."

Giovanni virou-se e olhou para mim. Seus olhos estavam vermelhos e úmidos, mas nos lábios havia um sorriso estranho, composto de crueldade, vergonha e prazer. Ele estendeu os braços e me abaixei, afastando o cabelo que lhe cobria os olhos. Giovanni disse-me então:

"Você está cheirando a vinho."

"Não estava bebendo vinho. Foi por isso que você se assustou? É por isso que está chorando?"

"Não."

"O que foi?"

"Por que você me abandonou?"

Eu não sabia o que dizer. Giovanni virou-se para a parede de novo. Eu fora até ali com a esperança, com a expectativa de não sentir nada: porém sentia um aperto num canto remoto do coração, como se um dedo me tivesse tocado ali.

"Nunca consegui chegar a você", disse Giovanni. "Você nunca esteve aqui de verdade. Não acho que tenha mentido pra mim, mas sei que nunca disse a verdade — por quê? Às vezes você passava o dia inteiro aqui, e lia ou abria a janela ou preparava alguma comida — e eu observava você — e você nunca dizia nada — me olhava com uns olhos, como se não estivesse me vendo. E eu trabalhando o dia inteiro, pra fazer este quarto pra você."

Permaneci mudo. Olhava por cima da cabeça de Giovanni, para as janelas quadradas que filtravam o pálido luar.

"O que é que você fica fazendo o tempo todo? E por que é

que não diz nada? Você é mau, você sabe disso, e tinha vezes que sorria pra mim e eu te odiava. Tinha vontade de bater em você. Vontade de tirar sangue de você. Você sorria pra mim do mesmo modo como sorria pra todo mundo, dizia pra mim a mesma coisa que dizia pra todo mundo — e tudo o que você diz é mentira. O que é que você está sempre escondendo? E acha que eu não percebia que quando você fazia amor comigo não estava fazendo amor com ninguém? *Ninguém!* Ou todo mundo — mas não *comigo*, isso não. Pra você não sou nada, nada, você me dá febre, mas não dá alegria nenhuma."

Movimentei-me, procurando um cigarro. O maço estava na minha mão. Acendi um cigarro. Daqui a um momento, pensei, vou dizer alguma coisa. Vou dizer alguma coisa e depois vou sair deste quarto, para não voltar nunca mais.

"Você sabe que não posso ficar sozinho. Eu já disse isso a você. Qual é o problema? Então nunca vamos poder ter uma vida juntos?"

Começou a chorar de novo. Eu via as lágrimas quentes escorrerem dos cantos de seus olhos e caírem no travesseiro sujo.

"Se você não pode me amar, vou morrer. Antes de você aparecer eu queria morrer, já lhe disse isso muitas vezes. É crueldade me dar vontade de viver só pra me levar a uma morte mais sangrenta ainda."

Eu queria dizer tantas coisas. No entanto, quando abri a boca, não produzi som nenhum. E ao mesmo tempo — não sei o que eu sentia por Giovanni. Não sentia nada por Giovanni. Sentia terror e pena e um desejo crescente.

Ele tirou o cigarro de meus lábios e tragou, sentado na cama, o cabelo caído nos olhos de novo.

"Nunca conheci ninguém como você. Nunca fui assim antes de você aparecer. Escuta. Na Itália eu tinha uma mulher que era muito boa pra mim. Ela me amava, me amava, sim, e cuidava de mim, e estava sempre em casa quando eu chegava do trabalho, da vinha, e nunca tivemos nenhum problema, nunca. Eu era jovem, e não sabia as coisas que aprendi depois, nem as coisas terríveis que você me ensinou. Achava que todas as mulheres eram assim. Achava que todos os homens eram como eu — achava que era igual a todos os homens. Nessa época eu não era infeliz e não era solitário — ela estava comigo —, eu não queria morrer. Queria ficar a vida toda na minha aldeia, trabalhando na vinha, bebendo o vinho que a gente fazia e fazendo amor com a minha garota. Já te falei sobre a minha aldeia...? É muito antiga e fica no sul, no alto de um morro. À noite, quando a gente caminhava ao longo do muro, era como se o mundo caísse à nossa frente, todo aquele mundo distante e sujo. Eu não tinha vontade nenhuma de conhecer o mundo. Uma vez a gente fez amor junto do muro.

"É, eu queria ficar lá pra sempre, comendo muito espaguete, bebendo muito vinho, fazendo um monte de filhos e engordando. Você não ia gostar de mim se eu tivesse ficado. Imagino você, daqui a muitos anos, passando na nossa aldeia no carrão americano grande que certamente vai ter, olhando pra mim e pra todos nós e provando o nosso vinho e cagando na gente com aquele sorriso vazio que os americanos levam pra todos os lados e que você dá o tempo todo, e depois indo embora, com o motor e os freios fazendo barulho, e dizendo aos outros americanos que cruzarem com você pra não deixar de conhecer a nossa aldeia, tão pitoresca. E você não ia fazer ideia de como é a vida lá, plena e transbordante, bela e terrível, tal como não faz ideia da minha vida agora. Mas acho que eu teria sido mais feliz lá, e não ia me incomodar com o seu sorriso. Ia ter vivido a minha vida. Tenho ficado muitas noites aqui, esperando você chegar em casa, pensando como estou longe da minha aldeia e como é terrível viver nesta cidade fria, no meio de pessoas que eu odeio, onde sempre faz frio e chove, e nunca faz calor e sol como na minha aldeia, e onde ninguém conversa com Giovanni, ninguém lhe faz companhia, e onde ele arranjou um amante que não é nem homem nem mulher, nada que ele possa conhecer ou pegar. Você não sabe o que é ficar acordado à noite esperando alguém chegar em casa? Não, aposto que não sabe. Você não sabe nada. Não sabe nenhuma dessas coisas terríveis — é por isso que sorri e dança desse jeito, e acha que a comédia que você vive com aquela menina de cabelo curto e cara de lua é amor."

Giovanni largou no chão o cigarro, que ficou luzindo fracamente. Começou a chorar de novo. Olhei para o quarto, pensando: não aguento mais.

"Saí da minha aldeia num dia louco, um dia doce. Nunca vou me esquecer desse dia. Foi o dia da minha morte — quem dera tivesse sido o dia da minha morte. Lembro que o sol estava quente, fazendo minha nuca coçar, quando saí da minha aldeia, subindo a estrada a pé, os ombros caídos. Lembro tudo, a poeira parda a meus pés, e as pedrinhas que rolavam à minha frente, e as árvores mirradas à beira da estrada, e todas aquelas casas baixas de todas as cores sob o sol. Lembro que estava chorando, mas não como estou chorando agora, muito pior, mais terrível — como estou com você, agora nem posso mais chorar como antes. Foi a primeira vez na vida que tive vontade de morrer. Eu tinha acabado de enterrar meu bebê no cemitério onde estavam meu pai e os pais do meu pai, e tinha deixado minha garota gritando na casa da minha mãe. É, eu tive um filho, mas ele nasceu morto. Estava todo cinzento e torto, e não fazia nenhum som — e a gente dava palmadas na bunda dele, e jogava água benta nele, e rezava, mas ele não fazia som nenhum, estava morto. Era um menininho, ia crescer e ficar um homem maravilhoso, forte, talvez até o tipo de homem que *você* e o Jacques e o Guillaume, todos esses veados nojentos, passam o dia e a noite procurando, ou sonhando com ele — mas estava morto, era o meu filho, que eu e a minha garota tínhamos feito, e estava morto. Quando vi que estava morto, tirei da parede o nosso crucifixo e cuspi nele e joguei no chão, e a minha mãe e a minha garota gritaram, e eu saí. Enterramos o bebê logo no dia seguinte, e aí eu fui embora da minha aldeia e vim pra esta cidade onde certamente Deus me puniu por todos os meus pecados e por ter cuspido no Filho santo d'Ele, e onde certamente vou morrer. Acho que nunca mais vou ver minha aldeia."

Levantei-me. Minha cabeça rodava. Minha boca estava salgada. O quarto parecia balançar, tal como na primeira vez que entrei nele, tantas vidas antes. Eu ouvia Giovanni gemendo atrás de mim. "*Chéri. Mon très cher.* Não me abandona. Por favor, não me abandona." Virei-me e o abracei, olhando para a parede, para o homem e a mulher que caminhavam juntos em meio às rosas. Giovanni soluçava — é a expressão que se usa — como se seu coração estivesse se partindo. Mas eu sentia que era o meu coração que estava partido. Alguma coisa havia se quebrado dentro de mim, para que eu ficasse tão frio, tão completamente imóvel e distante.

Mesmo assim, eu tinha que falar.

"Giovanni", disse eu. "Giovanni."

Ele foi se calando, estava me ouvindo; e encontrei em mim, contra a vontade, e não pela primeira vez, a astúcia dos desesperados.

"Giovanni, você sempre soube que eu iria embora um dia. Sabia que a minha noiva ia voltar pra Paris."

"Você não está me abandonando por causa dela", disse Giovanni. "Está me abandonando por outro motivo. Você mente tanto que consegue acreditar nas suas próprias mentiras. Mas eu, *eu* sei que não é isso. Você não está me abandonando por causa de uma *mulher*. Se amasse essa menininha de verdade, você não precisaria ser tão cruel comigo."

"Ela não é uma menininha", retruquei. "É uma mulher, e você pode pensar o que quiser, mas eu a amo, sim..."

"Você não ama", exclamou Giovanni, sentando-se na cama, "ninguém! Nunca amou ninguém, e tenho certeza que nunca vai amar! Você ama a sua pureza, ama o seu espelho — é igual a uma virgenzinha, anda com as mãos à frente como se tivesse algum metal precioso, ouro, prata, rubis, talvez *diamantes*, aí entre as pernas! Você nunca vai dar isso a ninguém, nunca vai deixar ninguém *tocar* aí — nem homem nem mulher. Você quer ser *limpo*. Você acha que veio pra cá ensaboado e acha que vai sair ensaboado — e não quer *feder*, nem por cinco minutos, entre chegar e ir embora." Agarrou-me pelo colarinho, lutando e acariciando ao mesmo tempo, fluido e férreo ao mesmo tempo, saliva saindo dos lábios e olhos cheios de lágrimas, os ossos do rosto bem visíveis e os músculos dos braços e do pescoço se destacando. "Você quer abandonar o Giovanni porque ele faz você feder. Quer desprezar o Giovanni porque ele não tem medo do fedor do amor. Quer *matar* o Giovanni em nome de todas as suas moralidadezinhas. E você — você é *imoral*. Você é, de longe, o homem mais imoral que já conheci em toda a minha vida. Olha, *olha* o que você fez comigo. Acha que seria capaz de fazer isso se eu não amasse você? É *isso* que você devia fazer com o amor?"

"Giovanni, para com isso! Pelo amor de Deus, *para*! Que diabo você quer que eu faça? Não *posso* controlar os meus sentimentos."

"E você *sabe* quais são seus sentimentos? Sente alguma coisa? O que é que você sente?"

"No momento não sinto nada", disse eu, "nada. Quero sair deste quarto, quero me afastar de você, quero dar um fim a esta cena terrível."

"Você quer se afastar de mim." Ele riu; observava-me; seu olhar era de uma amargura tão profunda que era quase benévolo. "Finalmente você está começando a ser honesto. E sabe por que quer se afastar de mim?"

Dentro de mim alguma coisa se trancou. "Eu... eu não posso ter uma vida com você."

"Mas pode ter uma vida com a Hella. Com essa menina com cara de lua que acha que os bebês saem dos repolhos — ou das geladeiras, não conheço a mitologia do seu país. Com ela você pode ter uma vida."

"Isso mesmo", disse eu, cansado. "Com ela eu posso ter uma vida." Levantei-me. Eu tremia. "Que espécie de vida a gente pode ter dentro deste quarto? Este quartinho imundo. Que espécie de vida dois homens podem ter juntos? Você fala tanto em amor — não é só pra se sentir forte? Quer sair de casa, bancar o grande trabalhador e trazer dinheiro pra casa, e quer que eu fique aqui lavando os pratos e cozinhando e limpando esse quartinho miserável que não passa de um armário, e que beije você quando você entrar por essa porta e durma com você à noite e seja a sua *menininha*. É isso que você quer. É o que você quer dizer, é *tudo* o que você quer dizer quando diz que me ama. Você diz que eu quero te matar. E o que é que você acha que está fazendo comigo?"

"Eu não quero que você seja uma menina. Se eu quisesse uma menina, arranjava uma."

"E por que é que você não faz isso? Não é só porque tem medo? Fica *comigo* porque não tem coragem de arranjar uma mulher, que é o que você quer *de verdade*?"

Giovanni estava pálido. "É você que fica o tempo todo falando sobre o *que* eu quero. Mas eu estou falando de *quem* eu quero."

"Mas eu sou homem", exclamei, "homem! O que é que você acha que pode *acontecer* entre nós?"

"Você sabe muito bem", disse Giovanni, falando pausadamente, "o que pode acontecer entre nós. É por isso que vai me abandonar." Levantou-se, andou até a janela e abriu-a. "*Bon.*" Deu um soco no parapeito. "Se eu *pudesse* fazer você ficar, faria", gritou. "Se eu tivesse que bater em você, acorrentar você, fazer você passar fome — se eu *pudesse* fazer você ficar, faria." Virou-se de novo para o interior do quarto; o vento agitava seu cabelo. Ele balançou o dedo para mim, um gesto grotescamente jocoso. "Um dia, talvez, você se arrependa de não ter ficado."

"Está frio", disse eu. "Fecha a janela."

Giovanni sorriu. "Agora que você está indo embora quer a janela fechada. *Bien sûr.*" Fechou a janela, e ficamos um olhando para o outro, no centro do quarto. "Não vamos brigar mais", disse. "Isso não vai fazer você ficar. Em francês tem a expressão *une séparation de corps* — não um divórcio, você entende, só uma separação. Pois bem. Vamos nos separar. Mas eu sei que o seu lugar é ao meu lado. Eu acredito, tenho que acreditar — que você vai voltar."

"Giovanni", retruquei, "eu não vou voltar. Você sabe que eu não vou voltar."

Ele fez um gesto expressivo. "Eu já disse, não vamos mais brigar. Os americanos não entendem o conceito de destino, nem um pouco. Não reconhecem o destino nem olhando pra cara dele." Pegou uma garrafa embaixo da pia. "O Jacques deixou uma garrafa de conhaque aqui. Vamos tomar um drinque — *for the road*, como vocês dizem às vezes, pelo que sei."

Eu o observava. Giovanni serviu duas doses cuidadosamente. Percebi que ele tremia — de raiva ou de dor, ou das duas coisas.

Entregou-me um copo.

"À *la tienne*", disse ele.

"À *la tienne.*"

Bebemos. Não consegui conter a pergunta: "Giovanni. O que é que você vai fazer agora?".

"Ah, eu tenho amigos. Vou pensar no que fazer. Hoje, por exemplo, vou jantar com o Jacques. Amanhã, com certeza, vou jantar de novo com o Jacques. Ele se afeiçoou muito a mim. Considera você um monstro."

"Giovanni", disse eu, impotente, "tenha cuidado. Por favor, tenha cuidado."

Ele me dirigiu um sorriso irônico. "Obrigado. Você devia ter me dado esse conselho na noite em que a gente se conheceu."

Foi a última vez que realmente conversamos. Fiquei com ele até a manhã seguinte, então joguei minhas coisas numa mala e levei-as para o hotel de Hella.

Nunca vou me esquecer da última vez que Giovanni olhou para mim. A luz da manhã enchia o quarto, fazendo-me relembrar tantas manhãs, e a primeira manhã em que fui lá. Giovanni estava sentado na cama, nu em pelo, com uma taça de conhaque entre as mãos. O corpo estava branco como um cadáver, o rosto estava úmido e cinzento. Parado à porta, com minha mala e a mão na maçaneta, olhei para ele. Então senti vontade de lhe implorar que me perdoasse. Mas seria uma confissão excessiva; se eu fraquejasse naquele momento, ficaria preso para o resto da vida naquele quarto com ele. E de certo modo era exatamente o que eu queria. Senti um tremor me percorrer, como o início de um terremoto, e por um instante tive a sensação de estar me afogando nos olhos dele. Seu corpo, que eu conhecia tão bem, brilhava na luz, saturando e adensando o ar entre nós. Então alguma coisa se abriu no meu cérebro, uma porta secreta e silenciosa, assustando-me: não me ocorrera até aquele instante que, ao fugir do corpo de Giovanni, eu confirmava e perpetuava o poder daquele corpo sobre mim. Agora, como se eu tivesse sido marcado a ferro, seu corpo estava gravado na minha mente, nos meus sonhos. E durante todo aquele tempo Giovanni não tirava os olhos de mim. Ao que parecia, para ele meu rosto era mais transparente do que uma vitrine. Giovanni não sorria, não estava sério, vingativo nem triste; estava imóvel. Esperava, imagino, que eu atravessasse aquele espaço e o abraçasse de novo — esperava como quem espera, junto ao leito de um moribundo, um milagre em que não ousa não acreditar, e que não vai acontecer. Eu precisava sair dali, porque meu rosto revelava demais, a guerra travada dentro de meu corpo me arrastava para baixo. Meus pés se recusavam a me transportar até ele de novo. Os ventos de minha vida estavam me empurrando para longe.

"*Au revoir, Giovanni.*"

"*Au revoir, mon cher.*"

Dei as costas para Giovanni e destranquei a porta. O suspiro cansado que dele partiu parecia sacudir meu cabelo e roçar minha fronte, como se fosse o vento da loucura. Percorri o corredor curto, esperando a qualquer momento ouvir sua voz atrás de mim, passei pelo vestíbulo, passei pelo *loge* da *concierge* ainda adormecida, e saí na rua, para a manhã. A cada passo que eu dava era mais impossível voltar atrás. E minha mente estava esvaziada — ou melhor, era como se tivesse se transformado numa ferida enorme, anestesiada. Meu único pensamento era: *Um dia ainda vou chorar por isso. Um dia desses vou começar a chorar.*

Na esquina, bem sobre uma mancha de sol matinal, abri minha carteira para contar meus bilhetes de ônibus. Nela encontrei trezentos francos, tomados de Hella, minha *carte d'identité*, meu endereço nos Estados Unidos e papel, papel, pedaços de papel, cartões, fotografias. Em cada papel encontrei endereços, números de telefone, anotações referentes a vários encontros marcados aos quais eu comparecera — ou talvez não comparecera —, pessoas que eu conhecera e de quem me lembrava, ou então não me lembrava, esperanças provavelmente não concretizadas: seguramente não concretizadas, ou não estaria parado naquela esquina.

Encontrei quatro bilhetes de ônibus e fui até o *arrêt*. Havia um policial parado lá, com seu quepe azul, pesado, empurrado para trás, e um cassetete branco reluzente. Ele olhou para mim e sorriu: *"Ça va?"*.

"Oui, merci. E o senhor?"

"Toujours. Belo dia, não é?"

"É." Minha voz estava trêmula. "O outono está chegando."

"C'est ça." E ele virou-se para o outro lado, retomando sua contemplação do bulevar. Ajeitei o cabelo, achando-me ridículo por estar abalado. Vi uma mulher passar, vindo da feira, com um saco de malha cheio; por cima de tudo, num equilíbrio precário, um litro de vinho tinto. Ela não era jovem, mas tinha uma expressão de franqueza e coragem, um corpo forte e grosso, mãos fortes e grossas. O policial gritou-lhe algo e ela gritou uma resposta — alguma coisa obscena e bem-humorada. O policial riu; mas recusou-se a olhar de novo para mim. Vi a mulher seguindo rua abaixo — indo para casa, pensei, para o marido, vestido com roupas de trabalho, azuis e sujas, e para os filhos. Ela passou pela esquina onde a mancha de sol caía sobre a calçada e atravessou a rua. Chegou o ônibus, e eu e o policial, as únicas pessoas que estavam à sua espera, entramos — ele ficou em pé na plataforma, longe de mim. O policial tampouco era jovem, mas tinha um vigor que me pareceu admirável. Fiquei olhando pelas janelas, para fora, inventando, para cada rosto que passava voando e captava minha atenção por um instante, alguma vida, algum destino, em que eu desempenhava um papel. Estava à procura de algum murmúrio, ou promessa, de uma salvação possível para mim. Mas naquela manhã minha impressão era a de que meu eu antigo estivera sonhando o sonho mais perigoso de todos.

Os dias que se seguiram pareciam voar. Esfriou, como que da noite para o dia. Os milhares de turistas desapareceram, convocados pelos horários de trens e aviões. Quem caminhava pelos jardins via folhas caindo sobre sua cabeça e crepitando sob seus pés. A pedra de que era feita a cidade, antes luminosa e mutante, foi se apagando pouco a pouco, mas de modo decidido, até voltar a ser cinzenta. Claramente, era dura. A cada dia iam desaparecendo do rio os pescadores, até que as margens do Sena ficaram vazias. Os corpos dos rapazes e moças começaram a ser deformados pela roupa de baixo grossa, os suéteres e cachecóis, chapéus e mantos. Os velhos pareciam mais velhos; as velhas, mais vagarosas. As cores do rio morreram, a chuva começou, e o nível da água subia. Era evidente que o sol em breve desistiria do esforço tremendo que lhe custava passar algumas horas todos os dias em Paris.

"Mas no sul vai estar quente", observei.

O dinheiro havia chegado. Eu e Hella estávamos ocupados todos os dias, procurando uma casa em Eze, em Cagnes-sur-Mer, em Vence, em Monte Carlo, em Antibes, em Grasse. Quase nunca andávamos pelo bairro. Ficávamos no quarto dela, fazíamos amor com frequência, íamos ao cinema e jantávamos em restaurantes desconhecidos na margem direita do Sena, jantares que muitas vezes eram um tanto melancólicos. É difícil saber o que provocava essa melancolia, que volta e meia se instalava sobre nós como a sombra de uma enorme ave de rapina, à espera. Creio que Hella não estava triste, pois eu nunca me apegara a ela tanto quanto naquela época. Mas talvez ela percebesse, de tempos em tempos, que meu apego era insistente demais para inspirar confiança, e sem dúvida insistente demais para durar.

E de vez em quando, nas minhas andanças no bairro, eu esbarrava em Giovanni. Apavorava-me a ideia de encontrá-lo, não apenas porque ele quase sempre estava com Jacques, mas também porque, embora muitas vezes estivesse agora mais bem-vestido, não parecia bem. Eu não suportava ver o que agora via em seu olhar, algo ao mesmo tempo abjeto e mau, nem o modo como ele ria dos gracejos de Jacques, nem dos maneirismos, os maneirismos afeminados a que passara a se entregar de vez em quando. Eu não queria saber que tipo de relação os dois tinham; um dia, porém, aquilo foi revelado pelo olhar malicioso e triunfante de Jacques. E Giovanni, naquele curto encontro, no meio do bulevar ao entardecer, no meio da multidão apressada que nos cercava, estava surpreendentemente deslumbrado e desmunhecado, e muito bêbado — era como se quisesse me obrigar a beber do cálice de sua humilhação. O que me fez odiá-lo.

A vez seguinte em que o vi foi de manhã. Ele estava comprando um jornal. Olhou-me com insolência, olhos nos olhos, e desviou a vista. Fiquei a vê-lo seguindo pelo bulevar, um vulto cada vez menor. Chegando em casa, relatei o encontro a Hella, tentando rir.

Então comecei a vê-lo no bairro sem Jacques, com os rapazes da rua, aos quais ele se referira uma vez como *"lamentables"*. Não estava mais tão bem-vestido; já começava a parecer um deles. Seu principal amigo naquele grupo, ao que parecia, era aquele mesmo garoto alto, com o rosto bexiguento, chamado Yves, que eu me lembrava de ter visto de relance uma vez, jogando flíper, e depois conversando com Jaques naquela primeira manhã em Les Halles. Uma noite, eu mesmo muito bêbado, perambulando sozinho pelo bairro, encontrei por acaso o rapaz e lhe paguei uma bebida. Não falei em Giovanni, mas Yves por conta própria me informou que ele não estava mais com Jacques. Por outro lado, talvez conseguisse voltar a trabalhar no bar de Guillaume. Certamente não foi mais do que uma semana depois deste encontro que Guillaume foi encontrado morto em sua sala particular acima do bar, estrangulado com o cinto do roupão.

5

Foi um escândalo e tanto. Se você estava em Paris na época, certamente ouviu falar, e viu, reproduzida em todos os jornais, a foto de Giovanni tirada imediatamente após sua captura. Foram publicados editoriais e pronunciados discursos, e muitos bares semelhantes ao de Guillaume foram fechados. (Mas não ficaram fechados por muito tempo.) Policiais à paisana tomaram o bairro, examinando os documentos das pessoas, e os *tapettes* sumiram dos bares. Giovanni não era encontrado em lugar nenhum. Todas as pistas, principalmente, é claro, seu desaparecimento, indicavam que era ele o assassino. Os escândalos desse tipo sempre ameaçam, enquanto suas reverberações não chegam ao fim, abalar os alicerces do Estado. Torna-se necessário encontrar uma explicação, uma solução e uma vítima o mais depressa possível. De modo geral, os homens que a polícia deteve por ocasião desse crime não eram suspeitos do assassinato. Foram detidos por ser suspeitos de ter aquilo que os franceses, com uma delicadeza que julgo ser irônica, chamam *les goûts particuliers*. Esses "gostos", que na França não são considerados crimes, são, não obstante, encarados com extrema desaprovação pelo grosso da população, a qual também encara seus governantes e seus "superiores" com total falta de afeto. Quando o cadáver de Guillaume foi encontrado, não foram apenas os rapazes da rua que ficaram assustados; eles, na verdade, ficaram bem menos assustados do que os homens que perambulavam com o objetivo de comprá-los, homens cujas carreiras, posições e aspirações jamais poderiam sobreviver a um escândalo do tipo. Pais de família, herdeiros de grandes dinastias, aventureiros cobiçosos de Belleville, todos queriam desesperadamente que o caso fosse encerrado, para que as coisas voltassem ao normal e a reação terrível da moralidade pública não respingasse neles. Enquanto o caso não fosse encerrado, não sabiam como se posicionar, se deviam assumir a posição de mártires ou se era melhor permanecer o que no fundo, é claro, eram mesmo: cidadãos comuns, indignados com o escândalo e ansiosos para que a justiça fosse feita e a saúde do Estado fosse preservada.

Assim, era uma sorte Giovanni ser estrangeiro. Como se em virtude de algum magnífico acordo tácito, a cada dia que permanecia à solta a imprensa tornava-se mais agressiva em relação a ele e mais compreensiva em relação a Guillaume. Foi lembrado que com Guillaume morria um dos sobrenomes mais antigos da França. Os suplementos dominicais relatavam a história de sua família; e sua velha mãe aristocrática, que não sobreviveu ao final do julgamento de seu assassino, deu um depoimento em que destacava as qualidades impecáveis do filho e lamentava que a corrupção na França tivesse assumido tais proporções que um crime como esse pudesse passar tanto tempo impune. Era um sentimento que a massa da população, naturalmente, estava mais do que disposta a subscrever. Talvez isso não seja tão incrível quanto pareceu a mim, mas o nome de Guillaume acabou sendo identificado, do modo mais fantástico, com a história da

França e a honra da França e a glória da França, e por um triz não chegou a se tornar símbolo da virilidade da França.

"Mas espere aí", comentei com Hella, "ele não passava de uma bicha velha nojenta. Só isso!"

"Mas como é que você quer que as pessoas que leem os jornais saibam disso? Se o Guillaume era *mesmo* isso, tenho certeza que não saía espalhando por aí — e aposto que ele circulava num meio bem restrito."

"Bem, *alguém* sabe disso. Algumas das pessoas que escrevem essas bobagens sabem disso."

"Não vejo muito sentido", disse ela, num tom comedido, "em difamar os mortos."

"Mas não há sentido em dizer a verdade?"

"O que eles estão dizendo é verdade. Ele era mesmo membro de uma família muito importante e foi assassinado. Entendo o que você quer dizer. Existe uma outra verdade que *não* está sendo dita. Mas essa os jornais nunca dizem, não é para isso que eles existem."

Suspirei. "Coitado, coitado do Giovanni."

"Acha que foi ele mesmo?"

"Não sei. *Parece* mesmo que foi. Ele esteve lá naquela noite. As pessoas o viram subindo a escada antes de o bar fechar e não se lembram de vê-lo descendo depois."

"Ele estava trabalhando lá naquela noite?"

"Parece que não. Estava só bebendo. Pelo visto, ele e o Guillaume haviam retomado a amizade."

"Você fez uns amigos bem estranhos durante a minha ausência."

"Eles só parecem estranhos porque um deles foi assassinado, ora. Mas nenhum deles era meu amigo — tirando o Giovanni."

"Você morou com ele. Não sabe dizer se ele era ou não capaz de cometer um assassinato?"

"Como? Você vive comigo. Eu sou capaz de cometer um assassinato?"

"Você? Claro que não."

"Como é que você sabe disso? *Saber*, mesmo, você não sabe. Como é que você sabe que sou o que você está vendo?"

"Eu sei porque" — ela se aproximou de mim e me deu um beijo — "gosto de você."

"Ah! Mas eu gostava de Giovanni…"

"Não como eu gosto de você", disse Hella.

"Posso perfeitamente já ter cometido um assassinato. Como é que você sabe que não fiz isso?"

"Por que é que você está tão mexido?"

"Você não ficaria mexida se um amigo seu fosse acusado de assassinato e estivesse escondido em algum lugar? Como assim, por que é que eu estou tão mexido? O que é que você quer que eu faça — cante músicas de Natal?"

"Não grita. É que eu nunca imaginei que ele fosse tão importante pra você."

"Ele era um sujeito legal", eu disse por fim. "Acho terrível ver o Giovanni metido numa confusão dessas."

Hella se aproximou de mim e me tocou o braço de leve. "Vamos embora desta cidade em breve, David. Você não precisa mais pensar nisso. As pessoas se metem em confusões. Mas você não tem que agir como se de algum modo fosse culpa sua. Não é."

"Eu *sei* que a culpa não é minha!" Mas a minha voz e o olhar de Hella me assustaram de tal modo que me calei. Senti, apavorado, que ia começar a chorar.

Giovanni conseguiu se evadir por quase uma semana. Quando, da janela do quarto de Hella, eu via a noite descer sobre Paris, pensava sempre nele, em algum lugar lá fora, talvez debaixo de uma daquelas pontes, assustado, com frio, sem saber para onde ir. Eu me perguntava também se ele teria encontrado amigos que o escondessem — era surpreendente que numa cidade tão pequena e tão bem policiada fosse tão difícil encontrá-lo. Temia, às vezes, que ele pudesse me procurar — para me pedir que o ajudasse, ou para me matar. Então dizia a mim mesmo que ele provavelmente acharia uma indignidade pedir ajuda a mim; àquela altura devia achar que eu era alguém que nem valia a pena matar. Eu procurava ajuda em Hella. Tentava a cada noite enterrar nela toda a minha culpa e todo o meu terror. A necessidade de agir era como uma febre em mim, o único ato possível era o ato do amor.

Finalmente Giovanni foi preso, numa manhã bem cedo, numa barca atracada no rio. Os jornais já estavam especulando que ele teria fugido para a Argentina, de modo que foi chocante descobrir que não tinha ido mais longe do que o Sena. A constatação de que Giovanni não tinha "ousadia" provocou uma reação ainda mais negativa junto ao público. Tratava-se de um criminoso do tipo menos interessante, um incompetente; assim, por exemplo, os jornais haviam enfatizado que o objetivo do assassinato teria sido roubar a vítima; no entanto, embora tivesse tirado todo o dinheiro que encontrara nos bolsos de Guillaume, Giovanni não havia tocado na caixa registradora, e ao que parecia nem havia desconfiado que sua vítima tinha mais de cem mil francos escondidos dentro de outra carteira no fundo do armário. O dinheiro que havia tirado de Guillaume ainda estava em seus bolsos quando ele foi encontrado; não havia conseguido gastá-lo. Passara dois ou três dias sem comer; estava fraco, pálido, feio. Seu rosto estava exposto em todas as bancas de jornal de Paris. Giovanni parecia jovem, perplexo, apavorado, depravado; era como se não conseguisse acreditar que ele, Giovanni, havia chegado àquele ponto, havia chegado àquele ponto e dele não passaria; que sua curta trajetória terminaria no fio de uma lâmina. Parecia já estar recuando, toda a sua carne se contraindo de repugnância diante daquela visão terrível. E parecia, como tantas vezes antes, esperar que eu o ajudasse. Os jornais diziam ao público implacável que Giovanni havia se arrependido, pedindo perdão, apelando a Deus, exclamando entre lágrimas que não fora sua intenção fazer aquilo. E, ao mesmo tempo, diziam a todos nós, de modo deliciosamente detalhado, exatamente *como* ele havia feito o que fizera: mas não *por que* o fizera. O porquê era algo negro demais para ser estampado numa página de jornal, e profundo demais para que Giovanni o revelasse.

Eu era talvez o único homem em Paris que sabia que não fora a intenção de Giovanni fazer o que fizera, que conhecia o *porquê* por trás dos detalhes divulgados pelos jornais. Relembrei mais uma vez a noite em que o encontrei em casa e ele me contou que Guillaume o havia despedido. Ouvi sua voz de novo, vi a veemência de seu corpo e suas lágrimas. Conhecia bem suas bravatas, sabia que ele gostava de sentir-se *débrouillard*, à altura de qualquer desafio, e o vi entrando arrogante no bar de Guillaume. Deve ter imaginado que, tendo se entregado a Jacques, seu período de aprendizagem chegara ao fim, o amor chegara ao fim, e ele podia fazer com Guillaume o que quisesse. E, de fato, poderia ter feito qualquer coisa com Guillaume — mas não podia fazer nada a respeito de ser Giovanni. Guillaume sem dúvida sabia — Jacques teria se apressado em lhe dar a notícia — que Giovanni não estava mais com *le jeune américain*; talvez Guillaume tivesse ido a uma ou duas festas na casa de Jacques, munido de sua própria entourage; e sem dúvida ele sabia, como sabiam todos os membros de seu círculo, que a nova liberdade de Giovanni, sua condição sem amante, ia se transformar em libertinagem, em excessos — aquilo já havia acontecido com todos eles, sem exceção. Deve ter sido uma noite e tanto no bar na noite em que Giovanni entrou lá, arrogante e sozinho.

Era como se eu ouvisse a conversa.

"*Alors, tu es revenu?*" Isso é dito por Guillaume, com um ar sedutor, sardônico, eloquente.

Giovanni tem consciência de que seria melhor que não viesse à tona sua última e desastrosa explosão, que é importante ser simpático. Ao mesmo tempo, é atingido pelo rosto, pela voz, pelo jeito, pelo cheiro de Guillaume; Giovanni está diante dele em carne e osso, e não evocando sua lembrança; o sorriso que dirige a Guillaume quase o faz vomitar. Porém o outro não percebe esse fato, é claro, e lhe oferece uma bebida.

"Imaginei que você podia estar precisando de um barman", diz Giovanni.

"Mas você está procurando trabalho? Pensei que a esta altura o seu americano já tivesse lhe dado um poço de petróleo no Texas."

"Não. O meu americano" — ele faz um gesto — "bateu asas e voou!" Os dois riem.

"Os americanos sempre acabam voando. Eles não são sérios", diz Guillaume.

"*C'est vrai*", concorda Giovanni. Ele termina seu drinque, evitando olhar para Guillaume, com ar extremamente constrangido, talvez sem se dar conta disso, assobiando. Enquanto isso, Guillaume mal consegue tirar os olhos dele e controlar as próprias mãos.

"Volte depois, na hora de fechar o bar, e a gente conversa sobre o trabalho", ele diz por fim.

Giovanni faz que sim e vai embora. Posso imaginá-lo, em seguida, encontrando-se com seus amigos da rua, bebendo com eles, e rindo, tentando criar coragem enquanto as horas vão passando. Ele morre de vontade de que alguém lhe diga para não voltar a Guillaume, para não deixar que aquele homem o toque. Mas seus amigos lhe dizem que Guillaume é muito rico, que ele é uma bicha velha boba, que Giovanni pode arrancar muito dinheiro dele se for esperto.

Ninguém aparece dos bulevares para falar com ele, para salvá-lo. Giovanni sente que está morrendo.

Então chega a hora de voltar ao bar de Guillaume. Ele vai para lá a pé, sozinho. Para do lado de fora e espera. Tem vontade de ir embora, de fugir. Mas não há para onde correr. Olha para a rua comprida, escura, curva, como se estivesse à procura de alguém. Mas não há ninguém lá. Entra no bar. Guillaume o vê na mesma hora e discretamente faz sinal para que suba até o escritório. Giovanni sobe a escada. Suas pernas estão fracas. Ele se vê nos aposentos de Guillaume, cercado pelas sedas, pelas cores, pelos perfumes de Guillaume, e fica olhando para a cama de Guillaume.

Então Guillaume entra, e Giovanni tenta sorrir. Eles bebem alguma coisa. Guillaume, flácido e úmido, se precipita, e a cada toque de sua mão Giovanni se esquiva mais, cada vez mais furioso. Guillaume some para trocar de roupa e volta trajando o seu roupão teatral. Quer que Giovanni se dispa...

É talvez nesse momento que Giovanni percebe que não vai conseguir, que sua força de vontade não será suficiente. Ele pensa no emprego. Tenta falar, ser prático, razoável, mas é claro que é tarde demais. Guillaume o cerca como se fosse o mar. Imagino Giovanni, submetido àquela tortura a ponto de quase enlouquecer, sentir que está afundando, que foi vencido. Guillaume impõe sua vontade. Creio que, se isso não tivesse acontecido, Giovanni não o teria matado.

Porque, tendo satisfeito seu desejo, enquanto Giovanni, ainda deitado, sente que está sufocando, Guillaume se transforma em homem de negócios outra vez, e, andando de um lado para o outro, apresenta uma série de motivos excelentes para não contratá-lo outra vez. Por trás das razões inventadas por Guillaume, quaisquer que sejam, há uma razão oculta, e eles dois, de modo impreciso, cada um a seu modo, a percebem:

Giovanni, como uma estrela de cinema decadente, perdeu seu fascínio. Tudo se sabe a respeito dele, seus segredos já foram descobertos. Giovanni certamente percebe isso, e a raiva que está se acumulando dentro dele há muitos meses começa a inchar agora, com a lembrança das mãos e da boca de Guillaume. Ele olha fixamente para o outro em silêncio por um momento, e depois começa a gritar. Guillaume responde. A cada palavra trocada por eles, a cabeça de Giovanni troveja, e um negrume intermitente passa diante de seus olhos. Guillaume, no sétimo céu, começa a saltitar pelo quarto — ele nunca conseguiu tanto por tão pouco. Explora a cena até a última gota, saboreando a fundo o rubor no rosto de Giovanni, a voz embargada dele, apreciando com delícia os músculos de seu pescoço, duros como ossos. Então Guillaume diz uma coisa, achando que o feitiço se voltou contra o feiticeiro; diz uma coisa, alguma expressão, algum insulto, algum deboche, que é a gota d'água; e, numa fração de segundo, ao calar-se por um momento, assustado, vendo o olhar de Giovanni, ele percebe que desencadeou uma reação que não será capaz de reverter.

Sem dúvida, não era a intenção de Giovanni. Porém ele agarrou Guillaume, acertou-lhe um golpe. E com aquele contato físico, e com cada golpe sucessivo, o peso intolerável no fundo do seu coração começou a ceder: era a vez de Giovanni se deliciar. O quarto foi destruído, os tecidos foram rasgados, o cheiro de perfume tornou-se intenso. Guillaume tentava fugir do quarto, mas Giovanni o seguia aonde quer que ele fosse: era a vez de Guillaume ser cercado. E então, talvez no momento exato em que Guillaume julgou ter se libertado, Giovanni saltou sobre ele e o agarrou pelo cinto do roupão, enrolando-o em torno de seu pescoço. Em seguida, simplesmente continuou a apertar, soluçando, sentindo-se cada vez mais leve à medida que Guillaume se tornava mais pesado, apertando o cinto e xingando. Então

Guillaume caiu. E Giovanni caiu — caiu de volta no quarto, nas ruas, no mundo, na presença e na sombra da morte.

Quando encontramos este casarão, já estava claro que eu não tinha o direito de vir para cá. Quando o encontramos, eu não queria sequer vê-lo. Mas àquela altura não havia outra coisa a fazer. Não havia outra coisa que eu quisesse fazer. Pensei, é claro, em ficar em Paris para estar perto do tribunal, talvez visitá-lo na prisão. Mas eu sabia que não havia motivo para fazer tal coisa. Jacques, que estava sempre em contato com o advogado e comigo, fora visitar Giovanni uma vez. Ele me disse o que eu já sabia: que nem eu nem ninguém podíamos fazer nada em favor de Giovanni.

Talvez ele quisesse morrer. Confessou o crime, alegando que o cometeu para roubar a vítima. As circunstâncias em que Guillaume o havia despedido foram muito divulgadas pela imprensa. As reportagens veiculadas davam a impressão de que Guillaume era um filantropo de bom coração, talvez um tanto excêntrico, que cometera o erro de fazer amizade com Giovanni, um aventureiro inveterado e ingrato. Então o caso foi saindo das manchetes. Giovanni foi detido para aguardar o julgamento.

E eu e Hella viemos para cá. É possível que eu tenha pensado — sem dúvida, foi o que pensei no início — que, embora não pudesse fazer nada por Giovanni, talvez pudesse fazer algo por Hella. Certamente, eu tinha esperança de que ela pudesse fazer alguma coisa por mim. E isso poderia ter acontecido se os dias não tivessem se arrastado, para mim, como dias passados na prisão. Eu não conseguia tirar Giovanni da cabeça, e vivia à mercê dos boletins que esporadicamente chegavam de Jacques. Daquele outono, só me lembro de aguardar o julgamento. Até que ele, por fim, foi julgado e condenado à morte. Passei todo o inverno contando os dias. E aí começou o pesadelo desta casa.

Muito já se escreveu sobre a transformação do amor em ódio, sobre o coração que esfria quando morre o amor. É um processo notável. É muito mais terrível do que tudo o que já li a respeito, mais terrível do que qualquer coisa que eu seja capaz de dizer.

Agora eu não saberia dizer quando foi que pela primeira vez olhei para Hella e achei-a desinteressante, que seu corpo me pareceu pouco atraente, sua presença se tornou irritante. Foi como se acontecesse de repente — o que significa, creio, que já vinha acontecendo fazia muito tempo. Parece-me que começou com uma impressão muito fugaz, o bico de seu seio roçando em meu antebraço quando ela se curvava para me servir o jantar. Senti que minha carne se crispava de repugnância. Suas calcinhas, secando no banheiro, que antes muitas vezes me pareciam ter um cheiro inesperadamente agradável e ser lavadas com frequência excessiva, começaram a me parecer antiestéticas e sujas. Um corpo que precisava ser coberto com tantos panos estranhos e assimétricos começou a me parecer grotesco. Às vezes eu via seu corpo nu a mover-se e desejava que ele fosse mais duro e firme; seus seios me intimidavam de modo incrível; quando a penetrava, comecei a ter a sensação de que não conseguiria sair dele vivo. Tudo o que outrora me deliciara agora se tornava azedo no meu estômago.

Creio — creio que nunca senti tanto medo em minha vida. Quando meus dedos começaram, involuntariamente, a perder seu apoio em Hella, me dei conta de que estava dependurado de um lugar elevado, e que me agarrava a ela por uma questão de vida ou morte. A cada momento, à medida que meus dedos iam escorregando, eu sentia o rugido do abismo a meus pés, e sentia que tudo em mim se contraía dolorosamente, e rastejava furiosamente para cima, para não despencar lá do alto.

Pensei que talvez fosse apenas uma consequência de estarmos há tanto tempo sozinhos os dois, e assim, por um período, saímos com frequência. Viajamos a Nice e Monte Carlo e Cannes e Antibes. Mas não tínhamos muito dinheiro, e o sul da França, no inverno, é lugar de gente rica. Íamos muito ao cinema, e muitas vezes acabávamos em bares de quinta categoria, vazios. Caminhávamos muito, em silêncio. Não tínhamos mais vontade, como antes, de ver coisas para depois mostrar para o outro. Bebíamos demais, eu principalmente. Hella, que chegara tão bronzeada, confiante e radiante da Espanha, começou a perder tudo isso; foi ficando pálida, desconfiada, insegura. Parou de me perguntar o que eu tinha, pois já havia percebido que ou bem eu não sabia ou bem não queria lhe revelar o que era. Hella me observava. Eu percebia que ela me observava, e aquilo me tornava cauteloso e me fazia odiá-la. O sentimento de culpa, quando olhava para seu rosto cada vez mais fechado, era para mim insuportável.

Vivíamos à mercê dos horários dos ônibus, e volta e meia nos víamos, em madrugadas frias, abraçados, sonolentos, numa sala de espera, ou morrendo de frio numa esquina de alguma cidade totalmente deserta. Chegávamos em casa na manhã cinzenta, mortos de cansaço, e íamos direto para a cama.

Eu conseguia, por algum motivo, fazer amor de manhã. Talvez fosse por efeito do esgotamento nervoso; ou então porque passar a noite perambulando gerava em mim uma curiosa e irreprimível excitação. Mas não era como antes; faltava alguma coisa: o espanto, o poder, o júbilo haviam se esgotado; a paz havia terminado.

Eu tinha pesadelos, e por vezes era despertado por meus próprios gritos; por vezes meus gemidos faziam com que Hella me acordasse.

"Eu queria", disse ela um dia, "que você me contasse o que está acontecendo. Me diga; me deixe ajudar você."

Fiz que não com a cabeça, perplexo e melancólico, com um suspiro. Estávamos sentados na sala grande onde estou em pé neste momento. Ela estava na espreguiçadeira, junto da luminária, com um livro aberto no colo.

"Você é um amor", respondi. "Não é nada. Vai passar. Deve ser nervosismo, só isso."

"É o Giovanni", disse ela.

Fiquei a observá-la.

"Não será", começou, cautelosa, "porque você acha que fez uma coisa terrível quando o deixou sozinho naquele quarto? Acho que você se culpa pelo que aconteceu com ele. Mas, meu amor, nada que você pudesse fazer ia adiantar. Pare de se torturar."

"Ele era tão bonito", disse eu. Não fora minha intenção dizer aquilo. Senti que começava a tremer. Ela me observava enquanto eu andava até a mesa — onde havia uma garrafa, tal como agora — e vertia uma dose num copo.

Eu não conseguia parar de falar, embora temesse que a qualquer momento acabasse falando demais. Talvez quisesse falar demais.

"Não consigo parar de pensar que fui eu que o empurrei pra guilhotina. O Giovanni queria que eu ficasse naquele quarto com ele; chegou a implorar pra que eu ficasse. Não contei a você — tivemos uma briga terrível na noite que fui lá pegar as minhas coisas." Fiz uma pausa. Bebi um gole. "Ele chorou."

"Ele estava apaixonado por você", disse Hella. "Por que você não me contou? Ou será que você não tinha percebido?"

Virei o rosto, sentindo que ficava vermelho.

"Não foi culpa sua", disse ela. "Entende isso? Não tinha como impedir que ele se apaixonasse por você. Não podia impedir que ele... que ele matasse aquele homem horroroso."

"Você não sabe nada", murmurei. "Você não sabe nada."

"Sei como você está se sentindo..."

"Você *não sabe* como estou me sentindo."

"David. Não fique me excluindo. Por favor, não faça isso. Me deixe ajudar você."

"Hella. Amor. Sei que você quer me ajudar. Mas me deixe em paz por um tempo. Eu vou sair dessa."

"Você está dizendo isso", ela argumentou, com uma voz cansada, "há muito tempo." Olhou fixamente para mim por alguns instantes e em seguida perguntou: "David. Não acha que a gente devia voltar pra casa?".

"Pra casa? Por quê?"

"O que é que estamos fazendo aqui? Quer mesmo continuar nesta casa, sofrendo desse jeito? E como você acha que *eu* estou me sentindo?" Levantou-se e veio até mim. "Por favor. Quero voltar pra casa. Quero casar. Quero começar a ter filhos. Quero que a gente vá morar em algum lugar. Quero *você*. Por favor, David. Por que é que estamos marcando tempo aqui?"

Afastei-me, com um movimento rápido. Atrás de mim, ela permanecia inteiramente imóvel.

"Mas o que é que está acontecendo, David? O que é que você *quer*?"

"Não sei. *Não sei*."

"O que é que você está escondendo de mim? Por que não me conta a verdade? Me conta a *verdade*."

Virei-me de frente para ela. "Hella… tenha paciência comigo, *por favor*, tenha paciência — só mais um pouco."

"É o que eu quero fazer", exclamou ela, "mas *onde* é que você está? Você escapou pra algum lugar, e não consigo te encontrar. Se me deixasse chegar a você…!"

Começou a chorar. Abracei-a. Eu não sentia absolutamente nada.

Beijei-lhe as lágrimas salgadas, murmurei não sei o quê. Sentia o corpo dela se esforçando, tentando encontrar o meu, e sentia o meu corpo se contraindo e se afastando, e entendi que minha longa queda já havia começado. Afastei-me de Hella. Ela ficou a balançar onde eu a havia deixado, como uma marionete pendurada em cordéis.

"David, por favor, me deixa ser mulher. Não me importa o que você fizer comigo. Não me importa o preço que eu tiver que pagar. Deixo o cabelo crescer, paro de fumar, jogo fora meus livros." Tentou sorrir; meu coração revirou-se. "Me deixa ser mulher, fica comigo, só isso. É o que eu quero. É *só isso* que eu quero. Nada mais tem importância pra mim." Deu um passo em minha direção. Permaneci de todo imóvel. Ela me tocou, levantando o rosto, com uma confiança desesperada e terrivelmente comovente, até o meu. "Não me empurra pra dentro do mar, David. Me deixa ficar aqui com você." Então me beijou, observando meu rosto. Meus lábios estavam frios. Eu não sentia nada neles. Ela beijou-me de novo e fechei os olhos, sentindo que estava sendo arrastado para o fogo por correntes fortes. Parecia que meu corpo, ao lado do corpo quente dela, sob a insistência dela, tocado pelas mãos dela, jamais haveria de despertar. Quando despertou, eu não estava mais dentro dele. Lá de cima, numa altitude onde o ar à minha volta era mais frio que o gelo, contemplei meu corpo nos braços de uma estranha.

Foi naquela noite, ou em outra logo depois, que deixei Hella dormindo no quarto e fui, sozinho, a Nice.

Percorri todos os bares daquela cidade fervilhante, e ao final da primeira noite, cegado pelo álcool e endurecido pela volúpia, subi a escada de um hotel escuro na companhia de um marinheiro. Fiquei sabendo, no final do dia seguinte, que a folga do marinheiro ainda não havia terminado, e que ele tinha amigos. Fomos visitá-los. Passamos a noite lá. Passamos juntos o dia seguinte, e também o próximo. Na última noite antes de o marinheiro voltar ao serviço, bebíamos juntos num bar apinhado de gente. Estávamos de frente a um espelho. Eu estava muito bêbado. Meu dinheiro havia quase terminado. No espelho, de repente, vi o rosto de Hella. Por um momento, achei que havia enlouquecido, então me virei para trás. Ela parecia muito cansada, desenxabida, pequena.

Ficamos um bom tempo sem dizer nada um para o outro. Dei-me conta de que o marinheiro olhava fixamente para nós.

"Ela não está no bar errado?", ele me perguntou por fim.

Hella olhou para ele. Sorriu.

"Não foi só isso que eu fiz de errado", disse ela.

Então o marinheiro olhou para mim.

"Bem", disse eu a Hella, "agora você sabe."

"Acho que eu já sabia fazia algum tempo", ela retrucou. Virou-se e foi saindo. Fiz menção de segui-la. O marinheiro me agarrou.

"Você... ela é...?"

Fiz que sim. O rosto dele, boquiaberto, era cômico. O marinheiro me soltou; passei por ele e, ao chegar à porta do bar, ouvi-o rindo.

Caminhamos um bom tempo pelas ruas gélidas, em silêncio. Parecia não haver vivalma nas ruas. Parecia inconcebível que o dia havia de raiar.

"Bem", disse Hella, "vou voltar pra casa. Quem dera eu tivesse ficado por lá."

"Se eu continuar aqui mais algum tempo", disse ela, naquela mesma manhã, enquanto fazia a mala, "vou esquecer o que significa ser mulher."

Estava frigidíssima, rancorosamente bela.

"Não acredito que uma mulher possa esquecer *isso*", retruquei.

"Tem mulheres que esquecem que ser uma mulher não é só humilhação, não é só rancor. Eu ainda não esqueci", acrescentou, "apesar de você. E não vou esquecer. Vou sair dessa casa, vou me afastar de você, o mais depressa que eu puder, via táxi, trem e navio."

E, no cômodo que havia sido nosso quarto no início de nossa vida nesta casa, ela se movimentava com a pressa desesperada de quem está prestes a fugir — indo da mala aberta sobre a cama para a cômoda, e de lá para o armário. Parado à porta, eu a observava. Eu parecia um menino que havia urinado nas calças diante da professora. Todas as palavras que queria dizer se fechavam em minha garganta, como se fossem capim, travando minha boca.

"Eu só queria", disse eu, por fim, "que você acreditasse em mim quando digo que, se eu estava mentindo, não estava mentindo para *você.*"

Ela voltou para mim um rosto terrível. "Era comigo que você estava falando. Era *comigo* que você queria vir pra esta casa terrível no fim do mundo. Era comigo que você dizia que queria se casar!"

"O que eu quero dizer", expliquei, "é que eu estava mentindo pra mim mesmo."

"Ah", disse Hella, "entendi. Isso faz toda a diferença, é claro."

"Só quero dizer", gritei, "que tudo o que eu fiz que magoou você foi sem intenção!"

"Não grita", disse Hella. "Já vou embora. Aí você vai poder gritar pra esses morros lá fora, gritar pros camponeses, o quanto você é culpado, o quanto você adora ser culpado!"

Voltou a andar de um lado para o outro, mais devagar, da mala para a cômoda. O cabelo úmido caía sobre a testa, o rosto estava úmido. Eu queria aproximar-me dela e abraçá-la e confortá-la. Mas o gesto não traria mais conforto, seria uma tortura para nós dois.

Ela não olhava para mim enquanto se movimentava, focada nas roupas que punha na mala, como se não tivesse certeza de que eram mesmo suas.

"Mas eu *sabia*", disse ela, "eu sabia. Isso é que me dá mais vergonha. Eu sabia, cada vez que você olhava pra mim. Sabia, cada vez que íamos pra cama. Se você tivesse me dito a verdade *antes*. Será que você não vê a crueldade que foi esperar que *eu* descobrisse? Pra jogar todo o ônus em *mim*? Eu tinha o *direito* de ser avisada por você — a mulher sempre espera que o *homem* fale. Você não sabia disso?"

Permaneci calado.

"Eu não teria sido obrigada a passar todo esse tempo nesta casa; não estaria agora me perguntando como vou conseguir suportar a longa viagem de volta, meu Deus. Eu estaria em casa a esta altura, dançando com algum homem interessado em me conquistar. Ia deixar que ele me conquistasse, sim, por que não?" Sorriu, perplexa, para uma multidão de meias de náilon que tinha na mão, então cuidadosamente enfiou-as na mala.

"Mas talvez eu não soubesse antes. Só sabia que tinha que sair do quarto de Giovanni."

"Pois bem", disse ela, "você conseguiu sair. E agora quem está saindo sou eu. Foi só o coitado do Giovanni que... perdeu a cabeça."

Foi um gracejo ruim, feito com a intenção de me magoar; mas ela não conseguiu abrir o sorriso sardônico que pretendia.

"Nunca vou entender", disse Hella por fim, e levantou os olhos para mim, como se eu pudesse ajudá-la a entender. "Aquele marginalzinho sórdido destruiu a sua vida. Acho que destruiu a minha também. Os americanos nunca deviam vir à Europa", disse, tentando rir e começando a chorar, "porque nunca mais vão ser felizes. Pra que é que serve um americano que não é feliz? A felicidade era a única coisa que tínhamos." Soluçando, caiu nos meus braços, e a abracei pela última vez.

"Não diga isso", murmurei, "não diga isso. Temos muito mais, sempre tivemos muito mais. É só que… só que… às vezes é difícil suportar."

"Ah, meu Deus, eu queria você", ela disse. "Todo homem que eu encontrar vai me fazer pensar em você." Tentou rir de novo. "Coitado desse homem! Coitados dos homens! Coitada de *mim*!"

"Hella. Hella. Um dia, quando você for feliz, tente me perdoar."

Ela se afastou de mim. "Ah, não sei mais o que é felicidade. Não sei o que é perdão. Mas se os homens é que devem guiar as mulheres e não há mais homens para guiar as mulheres, aí como é que vai ser? Como é que vai ser?" Foi até o armário e pegou o casaco; procurou dentro da bolsa e achou o estojo de pó compacto; olhando-se no espelhinho, cuidadosamente enxugou os olhos e começou a passar o batom. "Tem uma diferença entre meninos e meninas, tal como dizem aqueles livrinhos azuis. As meninas querem meninos. Mas os meninos…!" Fechou o estojo com um estalo. "Nunca mais nesta vida vou saber o que é que eles querem. E agora sei que nunca vão me dizer. Acho que não sabem como fazer isso." Passou os dedos pelo cabelo, jogando para trás as mechas que lhe caíam sobre a testa. Com o batom, e com aquele casaco preto pesado, ela mais uma vez parecia fria, brilhante, amargamente indefesa, uma mulher apavorante. "Prepara um drinque pra mim", pediu, "e vamos tomar uma saideira em memória dos velhos tempos antes que o táxi chegue. Não, não quero que você me leve até a estação. Tenho vontade de beber até chegar a Paris, até chegar ao outro lado desse oceano assassino."

Bebemos em silêncio, à espera de ouvir o ruído de pneus sobre cascalho. Então o ouvimos, vimos os faróis, e o motorista começou a buzinar. Hella largou o copo, ajeitou o casaco e saiu em direção à porta. Peguei suas malas e fui atrás dela. Eu e o motorista dispusemos a bagagem no carro; o tempo todo eu pensava na última coisa que diria a Hella, algo que ajudasse a apagar aquele rancor. Mas não consegui pensar em nada. Ela mesma não me disse nada. Permanecia bem empertigada, sob o céu escuro de inverno, contemplando a distância. Quando tudo estava pronto, virei-me para ela.

"Tem certeza de que não quer eu leve você à estação, Hella?"

Ela olhou para mim e estendeu a mão.

"Adeus, David."

Tomei-a. Estava fria e seca, como seus lábios.

"Adeus, Hella."

Ela entrou no carro. Fiquei a vê-lo seguir pelo cascalho e tomar a estrada. Acenei pela última vez, mas Hella não retribuiu o gesto.

Lá fora, o horizonte começa a clarear, dando ao céu cinzento um tom arroxeado de azul.

Já fiz as malas e limpei os cômodos. As chaves da casa estão na mesa à minha frente. Só falta trocar de roupa. Quando o horizonte estiver um pouco mais claro, o ônibus que vai me levar à cidade, à estação, ao trem que vai me conduzir a Paris, surgirá na curva da estrada. Ainda assim, não consigo me mexer.

Também sobre a mesa há um pequeno envelope azul, o bilhete de Jacques com a data da execução de Giovanni.

Ponho no copo uma dose bem pequena, vendo, na vidraça da janela, meu reflexo, que aos poucos vai se tornando mais tênue. É como se eu estivesse morrendo aos poucos diante de meus próprios olhos — essa ideia fantasiosa me agrada, e rio comigo mesmo.

Deve ser por agora que os portões estão se abrindo diante de

Giovanni e se fechando atrás dele; nunca mais voltarão a se abrir ou se fechar para ele. Ou talvez tudo já tenha terminado. Talvez esteja apenas começando. Talvez ele esteja sentado em sua cela, observando, como eu, o raiar do dia. Talvez estejam cochichando na outra ponta do corredor três homens pesados de preto, descalçando os sapatos, um deles segurando o chaveiro, toda a prisão silenciosa, esperando, num transe de pavor. Três andares abaixo, cessa a atividade sobre o assoalho de pedra, alguém acende um cigarro. Será que ele vai morrer sozinho? Não sei se a morte, neste país, é um evento solitário ou produzido em massa. E o que dirá Giovanni ao padre?

Tire a roupa, algo me diz, *está ficando tarde*.

Entro no quarto onde as roupas que vou vestir estão dispostas na cama e minha mala está aberta e pronta. Começo a me despir. Há neste quarto um espelho, um espelho grande. Estou terrivelmente cônscio da presença do espelho.

O rosto de Giovanni oscila à minha frente como uma lanterna inesperada numa noite escuríssima. Seus olhos — seus olhos brilham como olhos de tigre, olham fixamente para a frente, vendo aproximar-se seu último inimigo, e seus pelos se eriçam. Não consigo entender o que está estampado neles: se é terror, então nunca vi terror; se é angústia, então a angústia nunca pôs as mãos em mim. Agora eles se aproximam, agora a chave gira na fechadura, agora eles se apossam dele. Giovanni dá um grito. Os homens o olham de longe. Eles o puxam até a porta da cela, o corredor se estende à sua frente como o cemitério de seu passado, a prisão gira a seu redor. Talvez ele comece a gemer, talvez não emita som algum. Começa a viagem. Ou então, talvez, quando gritar, não pare mais; talvez esteja gritando agora, no meio de toda aquela pedra e todo aquele ferro. Vejo que suas pernas fraquejam, as coxas tremem como gelatina, as nádegas estremecem, o martelo oculto ali começa a bater. Ele está suando, ou está seco. Os homens o arrastam, ou ele caminha. A pressão das mãos deles é terrível, seus braços não lhe pertencem mais.

Descem aquele corredor comprido, descem aquelas escadas de metal, penetram no coração da prisão e dele saem, entrando no escritório do padre. Giovanni se ajoelha. Uma vela arde, a Virgem o observa.

Maria, abençoada mãe de Deus.

Minhas mãos estão úmidas, meu corpo está entorpecido, branco, seco. Vejo-o no espelho, com o rabo do olho.

Maria, abençoada mãe de Deus.

Ele beija a cruz e se agarra a ela. O padre delicadamente a retira do lugar. Então os homens o levantam. Começa a viagem. Eles seguem em direção a outra porta. Giovanni geme. Quer cuspir, mas a boca está seca. Não pode pedir que o deixem fazer uma pausa por um momento para urinar — tudo isso, daqui a um momento, estará resolvido. Ele sabe que, do outro lado daquela porta que se aproxima decidida, a lâmina o aguarda. Aquele é o portão que há tanto tempo ele procura, para escapar deste mundo sujo, deste corpo sujo.

Está ficando tarde.

O corpo no espelho me obriga a virar-me e encará-lo. Olho para meu corpo, que está condenado à morte. É esguio, duro e frio, a encarnação de um mistério. Não sei o que se mexe dentro deste corpo, o que ele busca. Ele está preso no meu espelho tal como está preso no tempo, e corre em direção à revelação.

Quando era criança, falava como criança, pensava como criança, raciocinava como criança. Depois que me tornei homem, fiz desaparecer o que era próprio da criança.

Anseio por fazer com que essa profecia se cumpra. Anseio por quebrar esse espelho e libertar-me. Olho para meu sexo, este sexo incômodo, e me pergunto como redimi-lo, como salvá-lo da lâmina. A viagem rumo ao túmulo já começou, a viagem rumo à corrupção está sempre já pela metade. E no entanto a chave da minha salvação, que não pode salvar meu corpo, está oculta na minha carne.

Então ele se vê diante da porta. A escuridão o cerca por todos os lados, dentro dele fez-se o silêncio. Então abre-se a porta e ele está sozinho, todo o mundo se afasta. E o pequeno canto de céu parece gritar, embora ele não ouça som algum. Então a terra se inclina, ele é jogado para a frente, de bruços, na escuridão, e sua viagem tem início.

Finalmente me afasto do espelho e começo a cobrir aquela nudez que devo considerar sagrada, por mais vil que seja, que precisa ser eternamente esfregada com o sal de minha vida. Tenho que acreditar, tenho que acreditar, que a graça pesada de Deus, que me trouxe até este lugar, é a única coisa que me pode tirar daqui.

E por fim saio na manhã e tranco a porta da casa. Atravesso a estrada e ponho as chaves dentro da caixa de correio da velha. E olho para a estrada à minha frente, onde há algumas pessoas paradas, homens e mulheres, esperando pelo ônibus matinal. Estão muito nítidas sob aquele céu que desperta, e o horizonte atrás delas começa a flamejar. A manhã me pesa nos ombros, o peso terrível da esperança; pego o envelope azul que Jacques me enviou e lentamente o rasgo em muitos pedaços, vendo-os dançar no vento, vendo o vento levá-los embora. E no entanto, quando me viro e começo a caminhar em direção às pessoas à espera, o vento devolve alguns deles para mim.

James Baldwin e os desafios da (des)classificação

Hélio Menezes

"Nada se sabe sobre a atual localização de James Baldwin, o autor negro e dramaturgo. Baldwin foi recebido em um evento organizado por Paul Robinson em 1965, no Americana Hotel. Comenta-se que Baldwin deve ser homossexual, e ele aparenta ser mesmo."*

O dossiê do FBI sobre James Arthur Baldwin reúne 1884 páginas com informações sobre a vida do escritor, coletadas entre 1961 e 1974. É o mais extenso entre os registros sobre artistas afro-americanos vigiados pela agência no período. A transcrição acima, de 29 de março de 1966, sintetiza uma cadência marcada que se repete ao longo do documento: Baldwin é sempre descrito como "o autor negro" que "ficou famoso por seus escritos sobre a relação entre brancos e negros". A sexualidade do escritor é merecedora de mais uma dezena de comentários nos arquivos, junto a reproduções de alguns de seus textos, análises de seus escri-

---

* O nome correto do ator é Paul Robeson. Disponível em: <https://goo.gl/KjNmmx>. Acesso em: 10 maio 2018.

tos, informações sobre seu cotidiano e suas relações com outros ativistas e intelectuais afro-americanos, algumas omissões notáveis e muitos erros — uma nota de 1967, particularmente equivocada, identifica Paula Baldwin, irmã de James, como sua esposa.

O FBI não foi o único a tentar encaixar Baldwin em categorias apressadas. Editores, críticos, leitores e opositores rotularam-no de variadas maneiras — escritor negro, escritor gay, escritor exilado, perturbador da ordem, traidor da raça —, não obstante a insistência de Baldwin em ser reconhecido simplesmente como um "escritor americano", sem maiores adjetivações. Ele era negro e se relacionava publicamente com outros homens numa época em que os Estados Unidos consideravam, por lei e costume, os negros subcidadãos e a homossexualidade, um crime. A reunião desses dados biográficos, junto aos escritos críticos, politicamente posicionados, tematicamente polêmicos e, por vezes, explosivos de Baldwin, levaria à inclusão de seu nome no *Security Index* do FBI em 1963. Era o registro oficial de sua identificação como um sujeito racial e sexualmente "desviante"; um "indivíduo perigoso", nos termos da documentação. Mas, apesar do conteúdo homoerótico declarado de *O quarto de Giovanni*, curiosamente não há discussões sobre o livro na papelada do Departamento de Justiça dos Estados Unidos.

A agência americana de investigação tampouco ficou sozinha em seu menosprezo pelo romance. A tematização aberta de relações homoafetivas e a ausência (ao menos na superfície) de "questões raciais" no enredo concorreram para a baixa aceitação de *O quarto de Giovanni* em outros meios à época, inclusive entre movimento e imprensa negros. A crítica de Eldridge Cleaver entrou para a história como um dos ataques mais ferozes ao escritor: "Há na obra de James Baldwin o ódio mais total, sofrido e agonizante contra negros, particularmente contra si mesmo", escreveu o líder do Partido dos Panteras Negras em *Soul On Ice*

(1968), "e o amor mais vergonhoso, fanático, adulador e bajulador por brancos que se pode encontrar nos textos de qualquer escritor americano negro digno de nota de nossos tempos".

A editora Knopf, por sua vez, carregou na homofobia ao recusar a publicação do esperado (e encomendado) segundo romance do escritor. "Um livro infeliz, talentoso e repulsivo", definiu. "Seu retrato de Giovanni e do narrador como um par de amantes infortunados não pode receber qualquer reação do leitor senão de repulsa."* Com efeito, o atordoamento psicológico e as inquietações sexuais/afetivas de um americano branco, burguês e expatriado em Paris estavam longe de se encaixar no conteúdo esperado de um autor que se notabilizara com a publicação de *Go Tell It on the Mountain* (1953), romance que lhe rendeu grande popularidade, sobretudo em meio à população afro-americana.

Como segundo romance de um "autor negro", *O quarto de Giovanni* estava fadado ao fracasso. O livro se distanciava deliberadamente dos temas e conflitos da família afro-americana dos anos 1930 no Harlem, bairro negro que serve de cenário (e personagem) de *Go Tell It on the Mountain*. Ademais, a negativa da Knopf fez tardar em dois anos a publicação de *O quarto de Giovanni*, que só viria a ser lançado pela Dial Press em 1956 nos Estados Unidos. Nesse meio-tempo, Baldwin lançaria *The Amen Corner* (1954), peça também ambientada no Harlem, e publicaria *Notes of a Native Son* (1955), coletânea de dez ensaios que lhe conferiu reconhecimento definitivo como comentarista cáustico das relações raciais nos Estados Unidos e na Europa, crítico literário agudo e ensaísta de notável senso estético. Para parte do campo da crítica das décadas de 1950-60, empenhada

---

* "Publication Is Not Recommended: From the Knopf Archives", *The Missouri Review*, v. 23, n. 3, 2000.

em entrecruzar produção literária com vida privada e posicionamento público, mesclando-os numa zona de relativa indistinção, *O quarto de Giovanni*, com uma maioria de personagens brancos e trama centrada numa perturbadora batalha interna, era um livro difícil de classificar. Ou de encaixar na trajetória em construção de seu autor.

De forma paradoxal e complementar, o livro foi também uma afirmação da independência política, literária e ideológica de Baldwin, ainda no início de sua carreira. Pondo à prova as limitações que o rótulo de "autor negro" poderia lhe impor, ele construiu personagens, cenário e enredo inesperados, sem abrir mão de incluir, nessa cena ou naquele personagem, traços de sua própria biografia. Essa é, aliás, uma característica de sua escrita: reflexões de inspiração autobiográfica, às vezes mais evidentes, outras mais sutis, permeiam a maioria de seus ensaios, peças e romances. A epígrafe que abre *O quarto de Giovanni* em tom confessional — "Eu sou o homem, eu sofri, eu estava lá", verso retirado do poema "The Song of Myself" (1855), de Walt Whitman — já permite entrever que a vida do autor é, de algum modo, personagem difuso do romance. A dedicatória "Para Lucien" reforça o indício: Baldwin escreveu *O quarto de Giovanni* entre o término de seu relacionamento com o pintor suíço Lucien Happersberger e o casamento deste com a atriz Diana Sands, pouco depois.

O quarto de Giovanni põe também à prova, com uma abordagem à frente de seu tempo, as ideias de sexualidades e afetos estáveis. Os personagens da trama têm sentimentos ambíguos e tempestuosos, vivem amores intranquilos, passam por crises profundas de identidade e transgressão, oscilam entre comportamentos (públicos) heteronormativos e práticas (privadas) homoeróticas, amam homens e se deitam com mulheres — o inverso e o contrário sendo igualmente verdadeiros. "Acho que não estou muito interessado em mulheres no momento — não sei por quê. Antes eu estava. Pode ser que volte a me interessar", diz Giovanni no início da segunda parte do livro. Aqui não há espaço para certezas absolutas ou verdades finais. Baldwin resiste a encaixar seus personagens em categorias invariáveis ou estereótipos, apresentando a dupla central como duas pessoas com desejos e identidades em que tudo oscila, questiona e se contradiz.

Por meio da investigação de conflitos subjetivos e ambivalências sexuais, Baldwin conduz discussões amplas, interroga o preço de fugir de si, de escapar ao enfrentamento das próprias contradições. "O quarto de Giovanni não é exatamente sobre homossexualidade", afirmou anos depois, "é sobre o que acontece quando se tem medo de amar alguém, o que é muito mais interessante."* Apesar da recepção ruim pela imprensa conservadora e por parte do ativismo negro, o livro acabou ganhando fama em meio ao público homossexual, especialmente no contexto dos movimentos de liberação sexual das décadas de 1960-70, sendo alçado ao estatuto de clássico da literatura gay.

Baldwin, contudo, via esses rótulos com desconfiança, considerando-os "um terreno muito pantanoso", como afirmou em entrevista concedida a James Mossman em 1965, "porque esses termos, homossexual, bissexual, heterossexual, são termos do século XX que, para mim, têm muito pouco significado. Pessoalmente, ao ver outras pessoas, observando a vida, nunca fui capaz de discernir exatamente onde as barreiras estão".** É interessante notar que o termo "homossexual" e sinônimos aparecem no livro apenas como xingamento, em três ou quatro passagens breves: "ele não passava de uma bicha velha nojenta", David diz a

---

* Quincy Troupe, *James Baldwin: The Legacy*. Nova York: Troupe, 1989.
** James Mossman, "Race, Hate, Sex, and Color: A Conversation with James Baldwin and Colin Macinnes". *Encounte*, pp. 55-60r, jul. 1965.

Hella, referindo-se a Guillaume. Os diálogos de teor mais discriminatório no romance, para tornar a questão mais complexa, surgem dos lábios de personagens que partilham desejos e práticas homoeróticas, não raro expressando, junto à (auto)intolerância sexual, preconceitos relacionados a outros marcadores sociais da diferença, como geração, classe e região. "Seus amigos lhe dizem que Guillaume é muito rico, que ele é uma bicha velha boba, que Giovanni pode arrancar muito dinheiro dele se for esperto", pensa David, ao recriar imaginativamente os passos que teriam antecedido o trágico desfecho do enredo.

Vale sublinhar que as considerações sobre as mulheres expressas pelos personagens caminham muitas vezes em direção similar de franca hostilidade. São vários os trechos e comentários que reproduzem entendimentos sexistas: "Ah, as mulheres! Não é necessário, graças a Deus, ter opinião sobre elas. As mulheres são como a água. São tentadoras, e podem ser traiçoeiras, e podem parecer não ter fundo, não é? E podem ser muito rasas. E muito sujas", afirma Giovanni em conversa com David. "Não vejo qual é a dificuldade em ser mulher. Quer dizer, desde que se tenha um homem", diz David a Hella, numa passagem permeada de opressões de gênero. O próprio conflito que David desenvolve sobre seus desejos homoeróticos é, em parte, derivado de seu entendimento deles como perda de virilidade, fruto de uma compreensão estreita do masculino calcada na heterossexualidade como destino inescapável. Quando David ainda era criança, seu pai dizia: "a única coisa que eu quero é que o David seja um homem quando crescer". Ao ver Giovanni chorar pela primeira vez, em uma suposta demonstração de efeminação, a reação de David é "uma sensação involuntária e perplexa de desprezo". Ele se pergunta, num misto de prazer e angústia ao ser penetrado pelo parceiro, "como eu podia ter pensado que Giovanni era forte".

Em outro trecho particularmente elucidativo dos conflitos internos de David, com seus desejos — em particular, da posição de passivo na relação sexual — como expressão ou desdobramento de uma misoginia latente, ele diz a Giovanni: "Quer sair de casa, bancar o grande trabalhador e trazer dinheiro pra casa, e quer que eu fique aqui lavando os pratos e cozinhando e limpando esse quartinho miserável que não passa de um armário, e que beije você quando entrar por essa porta e durma com você à noite e seja a sua *menininha*". O quarto que dá título ao livro parece funcionar como metáfora de domesticidade, entendida como domínio feminino. E expressa, por derivação, os entendimentos de David quanto às funções que homens e mulheres deveriam desempenhar socialmente — "não sou dona de casa — nenhum homem jamais o é", afirma para si mesmo.

Paradoxalmente, esse é também um espaço em que David pode dar vazão aos desejos e práticas que luta tanto para esconder, uma possibilidade de reversão de sua performance pública de heterossexualidade. Um lugar, enfim, onde pode suspender momentaneamente o esforço de "provar, para eles e para mim mesmo, que não era um deles". Entrar no quarto de Giovanni equivale, nesse sentido, a sair de modo transitório do seu armário sexual/afetivo. "Lembro que a vida, naquele quarto, parecia transcorrer no fundo do mar. O tempo fluía acima de nós, indiferente; horas e dias nada significavam", rememora o personagem, usando a imagem reincidente no livro do oceano (e afins: mar, águas, os marinheiros para quem David se entrega) como metáfora do tempo e da perdição. "O tempo é comum a todo mundo. É igual a água pro peixe. Todo mundo está nessa água, ninguém sai dela, e se sair acontece a mesma coisa que acontece com o peixe: a pessoa morre", divaga Giovanni. "E sabe o que é que acontece nessa água, o tempo? Os peixes graúdos comem os miúdos. Só isso. Os graúdos comem os miúdos, e o oceano está pouco se lixando."

É digno de nota que as relações entre os personagens são todas tecidas por hierarquias sociais e perpassadas por claras disparidades de poder. Embora David associe o doméstico ao feminino, é Giovanni — um imigrante italiano pobre que exerce trabalhos precários — quem tem de sair do quarto para ganhar a vida. O narrador, por outro lado, pode lutar com seus fantasmas internos passando tardes e noites no refúgio do cômodo ou perambulando pelas ruas da *rive gauche*, assegurado pelas remessas enviadas pelo pai. As assimetrias de classe ficam ainda mais evidentes a partir do enquadramento da relação entre Giovanni e Guillaume, seu chefe; e logo se revelam também fundamentadas em estereótipos de dimensão regional. Não parece fortuito que todos os personagens do livro sejam estrangeiros, à exceção de Guillaume, "que faz parte de uma das melhores e mais antigas famílias da França". E não à toa, para o noticiário local, escandalizado com o assassinato de um de seus concidadãos, "era uma sorte Giovanni ser estrangeiro". O nexo entre homossexualidade, pobreza e imigração sugeria, por contraste, o perfil sociopsicológico ideal do responsável pelo crime.

Estudos feministas, em especial a produção de intelectuais como Kimberlé Crenshaw, bell hooks e Lélia Gonzalez, têm insistido que essas marcas ("italiano", "bicha", "garçom") nunca são tomadas isoladamente no jogo social — são sempre lidas em conjunto na formação de identidades e estereótipos, atuando de maneira poderosa na reprodução de desigualdades. Uma mulher negra lésbica e pobre, por exemplo, vivencia experiências específicas pelo fato de ser mulher e negra e lésbica e pobre num só corpo e ao mesmo tempo, uma dinâmica de mútua determinação que não se permite decompor em categorias estanques. Sob essa perspectiva, falar de gênero implica, inescapavelmente, falar de outros fatores que constituem e dão conteúdo ao modo como o gênero é socialmente percebido. Analogamente, ao tratar da sexualidade dos personagens de O *quarto de Giovanni*, Baldwin fala também, por vezes de modo explícito, por vezes nas entrelinhas, de outras características que descrevem e informam, como classe e raça.

Ainda que neste livro o escritor não dê centralidade ao tema racial, ele é permeado de considerações sutis e caracterizações de personagens que envolvem cor e marcas de identificação racial. Assim como omissão não é sinônimo de inexistência, a (quase) ausência de personagens negros oferece a Baldwin — e a nós, leitores — uma via de acesso a questões raciais por outra mirada. Nomeadamente, através da perspectiva de personagens brancos cujos vínculos afetivos, de amizade e de parentesco se restringem a relações com outros personagens brancos, numa visão de mundo circunscrita a vivências e contatos entre si. O parágrafo que abre o livro já é revelador da toada: somos informados que o reflexo do narrador no espelho mostra um "cabelo louro" que "brilha", e ele mesmo mostra que seus ancestrais "conquistaram um continente" (sendo, portanto, europeus). Resta sintomático que o primeiro diálogo travado entre David e Giovanni, algumas páginas adiante, verse sobre esse mesmo tema: "Não entendo por que o mundo é tão novo para os americanos", diz o garçom ao recém-chegado David. "Afinal, vocês todos são só imigrantes. E não saíram da Europa há tanto tempo assim". Para um escritor ardiloso como Baldwin, que dedicou parte de sua vida a desmantelar os mitos de origem norte-americanos que enalteciam os colonizadores brancos como propagadores da civilização (em contraste com a suposta "selvageria" dos outros), o fato de Giovanni afirmar, e David consentir, que todos os norte-americanos são descendentes de europeus não deixa de configurar uma análise fina, sub-reptícia por certo, sobre a branquitude e suas ilusões de universalidade, em meio a um galanteio.

Reforço a ideia de *quase* ausência de personagens negros por entender que as descrições que Baldwin fornece do personagem Joey, ainda que em passagens breves, não são despropositadas. O primeiro homem com quem David se deita é descrito como "um garoto muito bom, muito esperto e de pele marrom, que estava sempre rindo", com "cabelos encaracolados escurecendo o travesseiro". Se é verdade que Deus (e o diabo) moram nos detalhes, então não parece casual que Baldwin, esse miniaturista das palavras, tenha impresso em David o sentimento de que "Aquele corpo me pareceu a entrada negra de uma caverna dentro da qual eu seria torturado até enlouquecer, onde perderia minha virilidade".

Um trecho da entrevista de Baldwin publicada na *Black American Writer* em 1969 ilumina com especial precisão seu entendimento de que, num país racialmente segregado como os Estados Unidos, pensar em (homos)sexualidade branca implicava, por derivação e contraste complementar, refletir sobre (homos)sexualidade negra. Ao ser questionado sobre suas "duas obsessões, cor e homossexualidade", Baldwin responde ao entrevistador, com seu característico recurso de abordar temas de dimensão nacional a partir de experiências autobiográficas: "Vamos voltar ao que estávamos falando sobre o homem negro e o sexo, e vamos voltar novamente à falta de segurança sexual do homem branco americano, e então vamos tentar imaginar como deve ser para um adolescente negro lidar com aquelas pessoas para quem você é um símbolo fálico".*

Baldwin costurou e entrelaçou sutilmente temáticas raciais a conflitos de classe e políticas de gênero e sexualidade, entendendo-as como fatores que se codeterminam décadas antes de o

---

* Eve Auchincloss e Nancy Lynch, "Disturber of the Peace: James Baldwin: An Interview". *The Black American Writer*, org. de C. W. E. Bigsby, v. 1, 1969.

conceito de interseccionalidade ganhar protagonismo no meio intelectual e militante. Talvez por isso a "redescoberta" de seus livros na última década tenha se dado de modo tão intenso. A tendência contemporânea entre movimentos antirracistas e estudos queer nos Estados Unidos de resgatar, rever e retirar da gaveta da história referências de personalidades negras e LGBT, dando visibilidade a suas produções, tem endossado a retomada de *O quarto de Giovanni* como um clássico, relevante tanto à época de sua publicação quanto hoje. A diversidade de resenhas, teses, críticas e disciplinas universitárias sobre a vida e a obra de Baldwin no exterior contrasta, entretanto, com a escassez de estudos sobre sua produção e biografia no Brasil. Ele continua sendo um autor relativamente desconhecido no país, de circulação mais comum no meio artístico e intelectual negro, mas ainda numa dimensão apequenada diante de sua relevância. Numa época em que discussões sobre racismo, diversidade sexual e igualdade de gênero têm se imposto à agenda política do país e se tornado cada vez mais públicas, a reedição de *O quarto de Giovanni* chega em boa hora.

Um perfil de James Baldwin

Márcio Macedo

James Arthur Baldwin foi o grande inovador da literatura afro-americana entre os anos 1950 e 1970, tornando-se uma referência de seu tempo ao lado de figuras como Truman Capote, John Updike e Philip Roth. Tendo como uma de suas principais influências Henry James (1846-1913), a ponto de ser chamado de "Henry James do Harlem", Baldwin foi romancista, ensaísta, poeta e dramaturgo, além de ativista político. Sua obra tem sido recuperada por filmes, livros e reedições que continuamente evidenciam sua contribuição na elaboração de uma subjetividade multifacetada e complexa: negra, gay, masculina, intelectualizada, urbana e cosmopolita. Publicou em vida mais de vinte livros, distribuídos entre romances, ensaios, peças de teatro, poemas e contos.

Nascido no Harlem, bairro negro de Nova York, em 1924, Baldwin pertencia a uma família pobre e religiosa que tinha raízes no Sul dos Estados Unidos.* Um médico do Harlem Hospi-

---

* Para uma biografia, ver D. Leeming, *James Baldwin: A Biography*. Nova York: Arcade, 1994.

tal disse à sua mãe, Emma Berdis Jones, que, devido ao seu aspecto frágil, não viveria mais do que cinco anos. Três anos após o nascimento do filho, sua mãe, que havia abandonado o pai biológico do menino ainda grávida, se tornou Emma Berdis Baldwin ao se casar com o reverendo David Baldwin, um pastor moralmente rígido e descrente em relação aos brancos, com os quais mantinha uma relação de desconfiança, ódio e subserviência. Os dois tiveram mais oito filhos, além de James e de um primeiro filho de David, três anos mais velho. Embora considerasse o reverendo seu pai, quando pequeno James era tratado por ele com desdém, e essa relação acabaria se tornando o leitmotiv da sua produção literária.

Seu talento para a escrita foi notado logo cedo. Ele estudou na Public School 24, onde, estimulado pelos professores, escreveu peças de teatro. Anos depois, foi para a Frederick Douglass Junior High School. Nessa escola, teve aulas de poesia com Countee Cullen, poeta vinculado ao Harlem Renaissance nos anos 1920 e formado pela Universidade de Nova York. Cullen e outro professor, Herman Porter, formado em Harvard, tiveram papel importante na trajetória de Baldwin, estimulando-o a encarar os estudos com seriedade. Seguindo sugestão de Cullen, Baldwin se candidatou a uma vaga na DeWitt Clinton High School, no Bronx, uma escola somente para garotos famosa pela qualidade de ensino. Ao ser admitido, Baldwin entrou em contato com um ambiente composto majoritariamente por jovens judeus oriundos de famílias com orientação política de centro-esquerda, apoiadores do programa de recuperação econômica do presidente Roosevelt — o New Deal — e da causa negra. Baldwin trabalhou na revista literária da escola, *The Magpie*, e ali fez amigos, a maior parte deles brancos e judeus, que se tornaram seus pares intelectuais.

Entre os catorze e os dezessete anos, Baldwin foi pastor mirim na Assembleia Pentecostal de Fireside, tendo decorado trechos da Bíblia e conduzido cultos para uma quantidade de fiéis nunca antes vista por seu pai na época de ministério. Para ele, a religião e a leitura eram um refúgio dos problemas vivenciados em casa. A formação intelectual na escola e o grupo de amigos com quem convivia suscitavam, cada vez mais, questionamentos em relação ao pai, à religião e à sua sexualidade. Seguindo a sugestão de seu amigo e colega de escola judeu Emile Capouya, Baldwin visitou o artista plástico Beauford Delaney. Artista negro e gay vinculado ao Harlem Renaissance nos anos 1920 e morador do Greenwich Village — a área boêmia, artística e intelectual de Nova York —, Delaney tornou-se seu mentor, introduzindo o jovem no universo artístico. Foi justamente nesse período que Baldwin resolveu abandonar a religião. Posteriormente, mudou em definitivo para o Village.

O autor viveu períodos difíceis devido à ausência de recursos, à insanidade do pai e à necessidade de cuidar da família. Nesse período, afastou-se da literatura e chegou a duvidar da possibilidade de se tornar escritor. Com a morte do pai, em 1943, a situação se agravou. Baldwin fez bicos em restaurantes no Village e começou a trabalhar em revistas como a *Nation*, elaborando resenhas semanais de livros. A atividade possibilitou a Baldwin que aperfeiçoasse suas ideias e desenvolvesse seu estilo de escrita. Ele chegou a fazer cursos na The New School, onde conheceu o ator Marlon Brando, que na época estudava artes cênicas. Mas Baldwin nunca cursaria o ensino superior. A vida tumultuada, as incertezas, os impedimentos financeiros, as desilusões amorosas e a dificuldade de avançar no seu primeiro romance levaram-no a considerar o suicídio, tema recorrente em suas obras. Foi nesse contexto que decidiu deixar os Estados Unidos e, seguindo a trilha de outros escritores, intelectuais e artistas, como seu mentor Richard Wright, se autoexilou em Paris em 1948.

Os dois primeiros livros de repercussão de Baldwin retratam questões vivenciadas na infância e na juventude, como religião, raça e sexualidade. Em *Go Tell It on the Mountain* (1953), romance de formação semibiográfico, a religião, elemento fundamental na experiência societária afro-americana, é abordada a partir de seu papel de organizador social da vida negra nos Estados Unidos e, por outro lado, sua submissão em diversos contextos. Esse paradoxo pode ser percebido ao acompanhar no livro a trajetória de John Grimes, alter ego de Baldwin. Na estética literária do autor, sagrado e profano se envolvem e se rearticulam, produzindo situações que explicitam os impasses, as desigualdades, as injustiças, a resiliência e até mesmo a comicidade vivenciadas por afro-americanos cotidianamente. *Notes of a Native Son* (1955), por sua vez, descreve a relação conflituosa com o pai e a tomada de consciência racial do autor. A morte do pai revela uma dolorosa interseção entre biografia e história mediada pela raça. A ilegitimidade existente na relação entre Baldwin pai e Baldwin filho, nunca abertamente discutida, mas constantemente sugerida, faz alusão no ensaio à ilegitimidade com a qual os Estados Unidos tratavam os afro-americanos.

Baldwin ganharia ainda mais notoriedade com o segundo romance, *O quarto de Giovanni* (1956), que aborda temas como homossexualidade, exílio e crise existencial através da experiência de David, um americano em Paris que acaba se apaixonando e se envolvendo com um *bartender* italiano chamado Giovanni.

Em 1957, em meio ao crescimento do movimento pelos direitos civis, Baldwin voltou para os Estados Unidos e se tornou uma voz entre os dois polos ideológicos do movimento negro americano da época — Martin Luther King e Malcolm X. Com fama e influência no meio intelectual e artístico, ele conseguiu levar uma série de celebridades brancas e negras para as fileiras do movimento. O ensaio "Letter from a Region in My Mind", parte do livro *The Fire Next Time* (1963) e publicado primeiramente na *New Yorker*, em 1962, tematiza a difícil relação dentro da comunidade afro-americana entre, de um lado, os cristãos representados por Martin Luther King Jr. e, de outro, o crescente número de muçulmanos negros vinculados à Nação do Islã, de Malcolm X e Elijah Muhammad. O texto rendeu a Baldwin a capa da *Time* no ano seguinte, quando o autor excursionava pelo Sul do país em favor do movimento pelos direitos civis e contra a segregação racial vigente naqueles estados.

Dentro da comunidade afro-americana, Baldwin ocupava uma espécie de não lugar, sendo objeto de desconfiança devido à sua ambivalência sexual. A dificuldade de conexão com o universo afro-americano pode ser verificada na complicada relação de Baldwin com Malcolm X e, posteriormente, com os Panteras Negras. Eldridge Cleaver, que se notabilizaria como ministro da Informação do grupo, escreveu na prisão em 1965 uma série de ensaios revolucionários que viriam a ser publicados sob o título de *Soul on Ice* (1968).* Um dos textos, intitulado "Notes on a Native Son", é um ataque extremamente violento e homofóbico a James Baldwin.

O estilo descritivo, crítico e apurado de Baldwin viria a tomar forma mais evidente em *Terra estranha* (1962), através da articulação das temáticas de raça, sexualidade e questões de classes na cena artística e intelectual nova-iorquina. Na trama, um grupo de amigos, negros e brancos, convivem em um universo alternativo de relativa tolerância racial. Até que o envolvimento de Leona, uma sulista branca recém-chegada a Nova York com Rufus, um músico de jazz, põe em xeque a representação de masculinidade no grupo, os limites dos relacionamentos inter-raciais e a vitalidade do racismo, mesmo em uma cidade liberal e cosmopolita como Nova York.

---

* *Alma no exílio*. Rio de Janeiro: Civilização Brasileira, 1971.

Em 1974, ano da publicação de *Se a rua Beale falasse*, tanto Malcolm X como Martin Luther King Jr. já haviam sido assassinados. Os Panteras Negras estavam sendo dizimados por uma perseguição implementada pelo diretor do FBI à época, J. Edgar Hoover. O Cointelpro, programa de contrainteligência conduzido por Hoover, infiltrava informantes e agitadores no partido, promovendo a difamação e até mesmo a execução de lideranças. Inserido nesse contexto, o romance de Baldwin conta a história de Tish e Fonny, um jovem casal que ainda vive com os pais no Harlem. Tish está grávida e Fonny é acusado por um policial de ter estuprado uma mulher. O enredo evidencia a dificuldade das duas famílias de se manter unidas diante das adversidades que advêm do racismo. *Se a rua Beale falasse* é uma história de amor entre pessoas comuns que tentam manter a serenidade e a esperança em uma sociedade que não oferece quase nenhum reconhecimento social ou igualdade para negros.

James Baldwin faleceu em 1º de dezembro de 1987 em Saint-Paul-de-Vence, na França, vítima de um câncer no estômago. Sua literatura influenciou a produção de uma série de autores e autoras negros mais recentes, como o escritor nigeriano Chinua Achebe (1930-2013), a ganhadora do Nobel de Literatura Toni Morrison, o artista plástico afro-americano Glenn Ligon, a romancista britânica Zadie Smith e muitas outras personalidades do universo artístico, intelectual e ativista negro de dentro e de fora dos Estados Unidos. Em 2016, um ano antes do aniversário de trinta anos da morte de Baldwin, foi lançado o documentário *Eu não sou seu negro*. Dirigido pelo cineasta haitiano Raoul Peck, ele apresenta registros de debates, apresentações e seminários dos quais o autor participou entremeados pela leitura de um manuscrito inacabado intitulado *Remember This House*, no qual Baldwin relembra os assassinatos de Medgar Evers (1925-63), Malcolm X (1925-65) e Martin Luther King Jr. (1929-68).

Recentemente, o autor tem sido retomado justamente na sua articulação entre raça e sexualidade, em livros que tematizam o racismo, a homofobia, a misoginia e a divisão de classes, tão presentes entre negros e brancos, nos Estados Unidos ou no Brasil.

1ª EDIÇÃO [2018] 10 reimpressões

ESTA OBRA FOI COMPOSTA EM ELECTRA PELO ACQUA ESTÚDIO
E IMPRESSA PELA LIS GRÁFICA EM OFSETE SOBRE PAPEL PÓLEN DA
SUZANO S.A. PARA A EDITORA SCHWARCZ EM MAIO DE 2025.

A marca FSC® é a garantia de que a madeira utilizada na fabricação do papel deste livro provém de florestas que foram gerenciadas de maneira ambientalmente correta, socialmente justa e economicamente viável, além de outras fontes de origem controlada.